雜寫

舒國治　著

目次

等

我這一輩子都一直在等待，等待更好的時際我這才要怎麼怎麼。是的，更好的時際；像中學時的暑假，那時不上課了，想打球就打球，想騎車就騎車，想爬山就爬山。沒人管了，要看小說看多晚都隨你。像也等畢業，總算可以離開一早就需奔赴課堂的不自由境地。像等退伍，當然，也為了自由。

大半輩子，老實說，我都頗是自由的，可是我還是在等，等待更好的時際去做一些我計畫的事。我想把某個時代的風土資料蒐集周備，再鑽研十來個人物的可能命運轉變，一點一滴的鑲繡起來，如此五年八年後，各方面條件皆豐富以至幾乎成熟到可以下筆了，等到那時，我想我該興致高昂的來寫這本書吧。

我想一邊把研究至一半的課題稍放，先進行那不礙事的另一件嗜好，如出門遊歷或學習打拳，俟幾個月後，兩邊皆愈發有眉目了，再一起按照順序將之順水推舟的完成。然而好幾年過去，什麼局面也沒形成。

晨起不久，似有很淺的便意，我想等熱水燒開，茶泡好，慢慢喝上兩杯，再去準備如廁。結果接了電話，要去幹嘛，甚至幾分鐘後便意竟消失了。若我一會兒後想起再等，或要等到晚上才再如何如何。

我總是覺得活在不佳的境遇中，故我習於期待更好的時地出現。夏天，太熱了，我什麼事都做不來，什麼事皆不想做，啊，真希望秋天快些來，屆時我便可以怎麼怎麼了。租來的房子太簡陋了，人總是待不太住，總是待得更浮動，將來換得好屋宇，人便真可以過它一過生活了。

看了一部電影，心想我能拍得更好，等過些日子空了來寫劇本，一等竟是幾十年。

從番茄炒蛋說起

——也及建築、練武等簡質美學

在京都一家日本料理店吃飯，服務生是來自大陸的留學生，上菜時她皆能以中文解說各是些什麼菜。吃至尾聲，閒聊問問她「你們伙房開飯，都吃些什麼飯菜？都吃得慣嗎？」「吃得很慣，只是有時會很想吃家鄉菜，像番茄炒蛋之類的，結果跟大廚說，他就做了。」「做得怎樣？」「哇，很好，蛋炒得嫩極了！」

原來這日本大廚原本就每天做玉子燒（煎蛋捲），對於蛋的質地與油的多寡、火候的掌控早就深諳，再試著對番茄有他做廚子的透徹洞悉力，像番茄的含茄沙程度、溼滑性之處理等，馬上便能將兩者結合得非常好。

也就是，從來沒做過某道異國菜的廚子，只要他有做菜的敏銳概念，往往亦可有驚人之筆。

反觀我們坊間的番茄炒蛋；炒得疙瘩肥鈍坨坨塊塊的有之，炒得番茄生脆脆的有之，炒得整盤油兮兮的亦有之，而自助餐店自作聰明勾芡又擱些微糖的更是教人啼笑皆非。老實說，一盤恰如其分的番茄炒蛋還不見得好找呢！

許多食物是可以跨國界的。倘一個日本老陶藝家或老匠師在他的工作室接待訪客，恰好到了午飯時間，而他常在中午自己做漢堡吃，於是便以漢堡饗客，搞不好這漢堡比太多的名店還好吃呢。

義大利有一小鎮，叫Reggio Emilia，夾在Parma和Modena這兩個名鎮之間，鎮上有一中型旅館叫Notarie，旅館樓下的餐廳，菜燒得極好極靈巧，有一次中午吃它的簡餐，是炒飯，售8塊5毛歐元，以小小幾片火腿（prosciutto），幾片襯托式的芝麻葉，用橄欖油淺淺炒成，便是一盤好飯。他炒得不像中式炒飯，也沒有弄成他們製燉飯的稀糊半生那種風味，就只是一盤既不油、又不過乾過脆，且完全是天生理解飯與油與食材相處於一道的靈性作品。

蓋房子亦如此理。陪著幾個西洋來的建築師逛看蘇州園林，像網師園啦、獅子林啦、拙政園啦、留園啦等等，看完閒聊，我問他們，如果在現代蓋類似明清這種意趣的房子卻一點也不管它們的雕琢、不管宗法制度下的形制格式，甚至不管工匠的高難度技藝的木作，只恪守簡單本質之原則，還能夠蓋出教中國人與西方人同樣讚嘆的優質房子嗎？

大夥意見各有不同，最後皆指向一個觀念：好的又簡單的房子，不論是東方人蓋或西方人蓋，蓋好了各國人一看咸道「這就是所謂的好房子」時，便即成矣。

東方人無意學維多利亞式房屋，亦學不像。西方人無意學明清式房屋，亦學不像。倘在更細緻的層面，像西方人學書法，很難習臻中國人的那種靈動精妙。於是，何不化繁就簡？就像是日本人習中國拳法，極妍巧極繁瑣之動作很不易普遍習得盡像，然改成合氣道簡化版，卻心法步法等原則不變，亦能極有效果。

民初的營造學社，即使建西式樓宇，亦加上中式簡易框、頂、架勢，照樣不錯。如北京的協和醫院等。日本近代化廣建西式樓房，卻在東方形式之和融上做得極好，不只辰野金吾等幾個人而已也。

武漢大學的校舍，是西洋結構之上覆以中式圖案頂飾極成功的例子，尤其自遠處望去，特別呈現巍峨卻又不失文雅氣勢。

廈門的集美，有愛國華僑陳嘉庚（1874-1961）自1913年起出資糾工陸續蓋成的小學、中學、大學等一大批樓房，這批校舍固也是西洋結構加上中式肩頂眉宇，然它們甚有「邊做邊調」的素人情致，流露出深富生命動線的筆觸，人在遊觀時會不自禁的被某些轉折處吸引，而多停在那兒琢磨一陣，甚而生「陳嘉庚何許人也」之讚，這是很美趣的經驗。竊想有一種情形，陳嘉庚的器識塑形了他想蓋出房子的格調。怎麼說呢？陳氏顯然不是建築師，卻見過西洋的真房真樓，亦在其中過過佳美日子，又一意深愛自己中國的屋舍格律，真要下手建築他心中覺得合於長久時宜的房子時，終會流溢出他胸中沉吟良久的好模樣。可見器識與胸懷，才真正是建築最緊要的東西。孫中山在翠亨村的故居，也同樣透露這股味況，雖然他只是後來返鄉稍稍增建了一小部分，同時設計添建燒柴火的洗澡熱水器而已。

孫中山周遊極廣，十九世紀各國的佳相常在心中縈繞低徊，不只是蓋房子、吃飯等閱歷而已；若說設計中西人皆宜穿的衣服、中西人皆適合展閱的書籍裝幀、甚至中西人皆適合安坐的椅子，搞不好他皆能有過人的見解。只不過他的主業是革命，是救國。

器識，或說眼光，真是很重要的能耐。

當然，器識並不全然在於出國，更在於對身邊諸事之隨時寄情、因地觀照，與自己援引之取捨。

中國廚子習米其林星級餐廳的那種歐式料理，習得美輪美奐技藝者也已不少。更有數人早嶄露頭角，將菜色與盤藝施展得竟有登峰造極之勢。然而若不考慮絕藝，只簡簡以西人本質烹法將食材化為天成菜餚，西人一吃，感動莫名，並且中人一吃亦感動莫名，要烹得這種境界，非有卓越器識不成也。

李小龍雖早年習詠春，然六、七十年代他的打法，常有斜過身子突的一腳踢出去之招式，這種斜踢法已然融入了些許泰拳或空手道，也加了不少西洋式的力學概念。

老實說，技擊要講求實效。中國的拳法再好，不可在實效上輸人。花拳繡腿一詞，便是最受人詬病者。導演李安不只一次聊天說，電影裏武術指導這一門技藝，有不少階段；大陸若以少林寺一派來設計對打，佳固佳矣，然若說好看，仍以香港八九十年代的套招美感（如袁和平等）為最世故老練，但那也只到二十世紀末、二十一世紀初為止；當好萊塢用了深心去揣摩與找了東方高手來一同設計動作時，香港武術指導的高妙歲月便至此告一段落矣。此等例子，且看《神鬼認證》（The Bourne Identity）等片可知也。

西洋人可不可以練好中國武術？這當然是有趣問題。老實說，太多的經由西人自己體悟、咀嚼而後出來的架式，也往往有其可觀。甚至近年源自西方的「跑酷」（Parkour），活脫就像是香港袁家班裏成員沒事試試身手而發想出來的玩耍動作。然而那些人，竟是老外！

電影《人魔》（Hannibal）一開始聯邦探員茱麗安．摩爾（Julianne Moore）到華府南邊一片很大的莊院辦案，這莊院用的是北卡羅萊納州Asheville市的Biltmore宅邸，主人是十九世紀富可敵國的Vanderbilt家族。這幢大宅幾乎是美國有史以來最雄偉華美又庭院最深幽且遼闊（有十二萬五千英畝大）的綜合式森林莊院。而建築師叫Richard

Morris Hunt（1827-1895），紐約中央公園的南邊大門（五十九街與第五大道）亦出他手。Hunt設計了太多壯麗的豪宅，而他自己的故鄉佛芒州的Brattleboro卻充滿了新英格蘭習見的木造家屋。此類家屋，為了在冬日避開雪的壓覆，牆面皆儘量保持平直，連窗的窗楣也皆不做，顯得外表毫不求崢嶸之感。而此類家屋，往往一進門便是迎面而來的樓梯，極其實際又極其不得呈現宏敞的客廳，可說簡樸極矣的造屋思想。然而整個新英格蘭倘若是一、兩百個小鎮驅車遊經，幾千幢這類家屋匆匆過目後，發現這是相當高潔的住家空間，甚至兩百多年來太多的富豪，仍樂意住在這樣簡略的木造二樓房子裏（並非人人要在海邊的羅德島州的New Port建造大宅以示炫富）。

這種「簡住」思想不僅實踐於十九世紀寫《湖濱散記》的梭羅（Henry David Thoreau,1817-1862）或當代開創「伯特蜜蜂護唇類產品」（Burt's Bees）的Burt Shavitz（1935-2015）身上而已，太多太多的新英格蘭人安於其中。新罕普夏州有一小鎮，叫Peterborough，二十世紀初即創辦的MacDowell Colony（麥道渥藝術家創作坊）設於此，創作坊在森林中建了幾十幢頗具風格的小木屋，供各行藝術家在此安心創作，一九五六年與一九五七年張愛玲（1920-1995）亦兩度申請來此駐村寫作，並在此結識了她後日的丈夫賴雅（Ferdinand Reyher,1891-1967）。這些小木屋，不乏構築之巧思，卻依然以「簡」為主。雖小卻足教人安頓其中、潛心創作。到了用餐時間，每個人推門走出，穿梭於森林之間，閒閒逸逸來到行政中心的大餐堂。

Peterborough西南不遠，有一座像是「自家後院」的小山，卻其實名氣不小，叫Mount Monadnock（摩那諾克山），或許由於此山器宇不凡，雖是小山（僅965公尺），卻被稱為全世界受人爬得第二多的山（第一多，是日本的富士山），這座山在一百多年前，梭羅亦特地來爬過，甚至在山頂露宿過幾晚。何者？乃優質的北美漢子，原就很享受自然。常住緬因州的Burt Shavitz亦持此觀念，他能坐擁不少財富，卻毫無揮霍金錢之興趣。最大的樂事，便是常處戶外，認為家只是一個窩，小小的shack（如同佛門講的茅蓬）容膝即可，這當然也因為北美的嚴冬取暖之不易也。更不只是求低調，是根本不需要。他的需要，是接近外間的諸多自然，像樹木、石頭、山岡、泥土、小溪、飛鳥、池塘、小徑、風、空氣、落葉……太多太多奇妙之物。也於是即使家有好房子，卻仍常在後院露營，為了賴在玩樂現場不回家的那份童心式之享樂也。

Vanderbilt選在Asheville蓋的豪宅其實有道理，那已是一個小型的國家公園或州立公園卻更具徜徉性。蓋在人煙稠密的大城鎮便就太過尋常矣。Greene & Greene兄弟（Charles Sumner Greene,1868-1957; Henry Mather Greene,1870-1954）設計的Gamble House，當年也選在洛杉磯Pasadena的郊外，而不是坐落在不少富翁所選的Orange Grove Boulevard，便為了不想與那一干俗不可耐有錢人一般見識也。

Gamble House沒蓋成古堡，也沒蓋成希臘羅馬的神殿式高柱門階，只是一幢木工精巧、不求崢嶸、像極了日本房子的Bungalow。事實證明，這種房子最適合人在裏頭起居，也最像個家，整幢房子像是皆由木條榫頭嵌合，見不著什麼釘子，也於是它的牽一髮而動全身之互依互偎柔軟度，令它自1908年至今歷經了那麼多次的加州習有地震也依然安安靜靜的矗立在那廂。

京都也充滿著一百多年老的二樓木造房子，太多的人仍住在裏面。美國亦是相同情形，當然兩者皆賴細心的使用與每幾十年的維修，更重要的是，人住在這樣的框盒裏，本只是春天雨冬天雪得以遮蔽身形足矣。這就像想吃番茄炒蛋，是要獲得最本質最習常最易辨識的那股油香、那股酸鮮與一口吞進嘴裏隨即而來的最初始溫飽滿足也。

（二〇一五年一月十四日、四月一日　聯合報名人堂）

我今欲去一地方

我今欲去一地方，那地方冬天悠長，教人無事可做，教人亦不想做，雙手鑽入袖筒，脖子縮著，眼睛半闔，似在慢慢等候嚴冬一點點離開。而外間土地亦覆著雪，什麼作物也生不了，只能休養待來年生息。

我今欲去一地方，那地方夏天悠長，叫人啥事也做不來。烈日當空，光亮無比，教人興無所逃於天地間之嘆，隨時只想找樹蔭下或山壁後遮躲炎陽。便這一躲，得取了好多安靜，便這一躲，得到了好多閱讀。當黃昏來臨，人自陰暗處出來，再次與外間相會，覺美好無邊。

我今欲去一地方，那地方廁所叫毛坑，並且蓋在房子外頭，人去登廁（是的，確實叫「登」）須忍著寒冷、摸黑走到外間，還得自行先捏好幾張紙。若逢夏天，還需防蚊子叮屁股，且臭氣薰人。然這樣的地方，出恭完畢，的確有完成一樁大事之暢達感受。而那些過程，事後想來，教人一點也不厭惡，甚而覺得是人生之自然豐潤如此。

我今欲去一地方，這地方最好距文明遠些，多半的人與事皆落後於時代，則我不必太奮進積極，亦不用太計較效率或功業。那地方人凡事用手，挑水打柴，擔石抬缸，皆是那麼遲鈍愚笨，卻又是那麼有道理。那地方人用牙籤剔牙慢條斯理，嗑瓜子必剝有聲，摳鼻孔如無旁人，好一個字，如無旁人，便是要不在乎旁人，旁人之富貴之俊美之聰慧之強勢，於我何有哉？帝力又於我何有哉？

在那裏遊走，著髒破衣服可以，臉不洗亦可以。那裏可以不管流行，人們亦不知有流行一事。

那地方空荒之極，人難有偉業大計可圖，終日渾渾噩噩。倘我得以出沒其間，廁身於此類人群，何等幸運。

我今欲去一地方，那地方小孩就地打滾，蹦蹦跳跳，在樹下、在土坡、在池塘；與其他小孩，與同學、與鄰居、也與蟲鳥雞犬；而不必纏著爸媽、不必纏著褓姆；於是不用受大人播放卡通片拘馴他，並且不必忙著學英文。

我今想去一地方，那地方大人皆有事情忙，不會整天閒得慌，於是拉著孩子四處投入學習。一忽兒學音樂，一忽兒又學圍棋；更別說學習英文數學與電腦。

大人忙些什麼？不過是男耕女織。便是這種忙，不必分分秒秒相陪小孩，不必上學放學枯枯守在校門口。然則此種忙，是閒中之忙，與小孩時不時在溪邊相遇，時不時在田埂錯身。

我今想去一地方，那地方恁是偏遠，攀涉千山萬水，方能到達。抵達之後，卻是啥的也無。那兒賺不到什麼錢，那兒也用不到什麼錢。物產缺乏，人僅得糊口，人又卻顯得富泰怪哉。甚而人亦不多。外地人到了這裏很難花錢，這裏的東西也很難售錢。那裏山石嶙峋，硬地滿佈，不易開闢耕作。那裏房舍亦少，建屋不易，人有小小陋室一間，已難能可貴，而人亦不多處室內，多半之時，存在於朗朗乾坤。

我今想去一地方，那地方我熟識的人不多。在那裏我不忙著找朋友，朋友也不硬要尋我。當地人於我皆是外人，卻也未必稱作陌路之人。我看他們如同看山看水，見著便是了，不特要他們對我反應。

我今想去一地方，那地方沒有傷心人。我們在俗間即使「人世幾回傷心事」，那地方總是「山形依舊枕寒流」。那地方太多太多的大自然，以是太少太少的人之私事私情會映照出來。久而久之，人亦融進了自然。

我今欲去一地方，到了那處地方，教人不知時候。見月圓知是十五，不見月了想是三十。草生知春，雪覆知冬。

我今欲去一地方，那地方沒有夜生活，沒有夜間表演活動如戲劇、交響樂、歌舞劇……忽念及我已有二十年沒參加那類活動。那些有表演廳院的城市，我不該佔據居住，該讓出給欣賞之人住。那裏的夜，只有月亮，只有星星。只有月亮與星星構成的夜生活，是每晚最單調美好又最捨不得不參加的夜生活，這就是我今欲去的一地方。

京都遊記

京都去過不知多少次，但每次皆希望能碰上一些新的驚喜。這次恰逢氣候極冷，便在行囊中帶了二枝毛筆，一卷宣紙，硯與墨，想倘夜中枯守旅館，或許用來寫字，豈不甚妙。

既可能磨墨寫字，則何妨返回旅館前先喝上一兩盅酒；既有意喝酒，何妨找一恰當館子吃點適合下酒的東西，比方說，壽司。結果與一家庭式小館老闆問起，他謂最便宜的壽司店是先斗町向北幾乎碰上三条通，已過了歌舞練場的「壽司tetsu」。果然第二天我真去了，坐吧台一款一款的叫，每款一〇五圓日幣，兩三千圓吃下來，生魚與飯結合之香腴，清酒之冷冽潤口，已教人又飽足又微有酒意。走至外間，見鴨川水流鷹飛，樹枯人縮，最可遊目騁懷。不久抵錦市場，買半乾的熟透柿子一串，當下先吃一枚，既蜜又凝，心中想，回房可在紙上寫下「一年好景君須記，最是橙黃橘綠時」。突又想，適才鴨川的水景與兩岸，正是：「秋風吹渭水，落葉滿長安」。在祇園漫步，見兩三位當地老太太坐店中聊天，裝扮白淨，神情優簡，有點「白頭宮女在，閒坐說玄宗」況味，回想前一日在嵯峨野大覺寺觀友人拍片（《聶隱娘》），在大澤池旁稍立，見到景色，恰好是「春潮帶雨晚來急，野渡無人舟自橫」。

這一晚，返回旅館，東摸摸西摸摸，竟還是沒取出紙筆寫字，不久累了，睡覺。

次日，想昨晚懶得下樓洗那侷促的澡，何不今日北赴鞍馬洗溫泉。遂在祇園四条的京阪站上車，乘至出町柳，出站，再乘叡山電鐵至鞍馬，總共四十來分鐘。出鞍馬站，已有免費接駁巴士在候，上車即開。至溫泉，費一千日幣，洗「露天風呂」，乃大眾池，人卻不多，且大多泡不甚久，似是左近常客。一邊泡湯中，一邊遠望杉林，樹頂積雪，似在消融。又想到唐人名句：「晚來天欲雪，能飲一杯無」。

若人問我，京都最教我喜歡的是什麼，我會說，它是舉世最可以「左右逢源」的地方。怎說呢？乃我已漸不必去名寺名庭名鋪等地點，只隨興逛到哪兒玩看哪兒。見餐廳有一玻璃醋瓶好，蓋子可旋緊，出水又穩當，便不久進一平民商店街，看家庭五金，反而看到不少另外器物。進「無印良品」，見一札一札以鐵環拴起的小紙片，售七十四圓，一想可買回以毛筆寫山、水、人、女、上、下、口、目等最初始簡易中國字，寫完一札，或許百頁，送給正要學認字的小孩，必然有意思，送給欲學中文的西方學子也該不錯。

在京都做這種夢，最是有趣。在舊書店翻他們大正時期編的寫信範本，尤其他們的草書表現法，甚有感想。凡字必出以草，線形又拉得太細，實非良好寫字法也。譬似打太極拳招式太花繁，則尾閭焉能得其益？

京都治水，我曾多方讚過，不在話下。京都養花植草，亦處處見其悉心。庭園也美不勝收，然我人即使在台東有一小片地，未必想弄成那樣。倒是房間、廊道等的門窗、支條、花格，或木或竹，間以小鐵把手，等等最是燦然豐備，永遠看不盡，也永遠可夢想用在自己家中。又赤足行於木頭地板的室內，一忽兒登樓，一忽兒蹲跪，腳板壓地壓多了，於身體甚是舒展。

然京都遊賞，亦無需全程專注在賞美上，任意放眼最好。見車站行人匆匆，見餐廳吃客埋頭，亦不乏無精打采、為人生諸事弄得眉頭不展的人眾，此等壓抑，莫非也是造就這個僅一百五十萬人口的千年古都必須承受的延伸代價。

（二〇一三年一月二十二日　聯合報名人堂）

旅途寂寞之探討

有人問：「旅途中會不會寂寞？」我說：「以前不會，現在會了。」

以前，是多久以前？大約50歲以前，很少感到寂寞。這十年，常常遭遇上寂寞。為什麼？主要一來以前年輕，凡事充滿著興致，充滿著好奇，充滿著樂趣；二來以前貧窮，不怎麼挑剔享受，不懂得吃苦也不怕吃苦；三來現在依然窮，只是比年輕時寬裕了，也比較嬌了，甚至社會也奔向浮華了，於是我也學會挑剔了，終至旅行時稍不順遂，便像是感到寂寞了。

此處所言寂寞，只是生活上的小寂寞，並不同於人在宇宙之間所歎「念天地之悠悠，獨愴然而涕下」那種。

好比說，旅行到了異國一城市，晚飯後，猶想找咖啡館或酒館去聽聽人聲或甚至與人講上話的那種。也好比不願自己一個人在七八點後就只能返回旅館對著電視盯看的那種。更好比是竟然對次日要去哪兒玩居然都沒什麼勁的那種。這些，都稱作寂寞。都是旅遊之人很怕發生的小狀態。年輕時，為什麼從來沒有這種感覺？竟是隨時隨地皆充滿著無盡的樂趣嗎？而今實在也想不出到底樂在哪裏？

當你凡事皆能自得其樂，皆能注心志於其間，則所謂寂寞，是不存在的。當你此刻停了下來，有了空檔，甚至不知下一刻要做什麼，更甚至人覺得懸在那兒，這時際，便是寂寞最會浮現的剎那。

旅途中，你不知等下要玩什麼，不知晚上吃過飯後要幹什麼，甚至不知明天起床後要奔赴何處，同時你又很在意接下來的節目，這種時刻，最是寂寞。

原本，你不想去哪兒不想幹任何事，是一種安詳平靜的狀態，並無需與寂寞產生任何關係。寧靜的狀態，多麼美好，多麼珍貴；除非人不甘於此種寧靜，猶期盼某種小浪花、小跳動的降臨，而那種東西一逕不出現，令你按捺不住或心有焦急，則那時便是寂寞了。

寂寞，莫非像是挫折？只是它是挫折的不可訴說版。你在12月8日的西湖湖畔極度寂寞，然你幾乎不能說它，因為沒誰對不起你。甚至你還不覺得有啥了不起的。又你在5月5日想在香港好好地吃他三頓美食，結果排隊惹一肚子氣，加上食物根本平庸，終弄成旅程簡直教人寂寞極了，卻又只是太司空見慣的出門的常有遭遇。

通常，你愈多自我的擁有與護持，便愈可能產生如寂寞的感受。譬如說，自憐即是一例。你愈想不到自己，愈不容易寂寞。一個大明星，到巴黎度假，如他一直自覺是明星，則不易全面放鬆，自然常有寂寞時刻，並且才赴外沒一兩小時，便又返回下榻處，像是躲回避風港。亦不可太有「家」的念頭，出門旅行，便應暫時拋下家念。隨時想到家只在一趟飛機飛行距離之遠，便凡事以居家時的心情對待，很容易事事感到不順遂。這種人，最不宜步上旅程。旅行，於他常是折騰。

丟開自己，是人們藉由旅行想達到的某種療癒。故而有一種旅遊，是人家要你幹嘛，你就幹嘛。到了旅遊區，大家都換上泳衣，你也換上泳衣，大家都往水道滑，你也往水道滑，有兩三個人滑成了狗吃屎，你也滑成了狗吃屎。待會大夥圍著吃一個又辣又難吃的熱狗，你也吃。回到旅館，擺設土得不得了，但你一倒下就呼呼深睡。往往這種與人群一起粗魯的玩樂與累倒，常是最佳的「丟開自己」。

再看多少責任沉重的大人物，皆設法每年用一整個月時間去一深幽荒遼地方，或探險、或漫遊、或放逐、或粗礪自己等等，教自己與每日之例行所作完全切斷。手機也不帶，電腦也不帶（當然會交待家人與秘書自己所在的方位），譬如在美國的某一兩個國家公園中游巡，晚上選地露營，白天翻山越嶺，觀看山脈、植物、鳥獸，享受天地間極度的空靈，與遠離人群的美妙孤清，然後自己生火燒飯。黑夜降臨，伸手不見五指，卻天上星星閃爍，似在遠遠相伴，人，其實並不孤獨。這樣的一個月，太多人每年皆期待極矣，乃如此才像是置之死地而後生，你又是另一個完好健全的人了。

這種旅遊，甚至沾上一點極致鍛鍊的味道，或說有一襲修行的意趣。你愈是在平日工作辛苦或世俗的上班操勞，你愈珍惜與感激這種深度苦修的旅行。

這種旅行，無視於什麼挫折、不便、寂寞、流汗、食物不均衡、地方不乾淨等等那些太過不值一提的世俗計較，顯然也不見得是尋常百姓心中想的那種出遊，只是我們既然連小小的寂寞也希望別在旅途中出現，卻又不可能咬緊牙關去做一趟大苦行，何不壓根就安於做平常小老百姓的隨時有小煩惱的旅行算了。

（二〇一四年七月二十八日　今周刊）

冰封

我常會有不少時候，什麼也沒做，什麼也想做，什麼也忘了做；這種時候，我忽的一下子一天過去了，一下一個月又過去了，一下一年兩年三年過去了，而我也沒察覺究竟怎麼了。

會不會這其實就是最當然的狀態？

假如人確實有時會自然處於真空，腦筋沒啥念頭，對外界沒啥反應，會不會根本就是一種天然必須的「冰封」，令你在融解之前完全處於停頓、能源處於最小的消耗，以備日後有亟需之時得以大規模的提供？

且想一事：倘一個人能活一百二十歲，難保他不在生命中好幾個階段各冰封個五年十年嗎？

（二〇〇八年）

論交友

咖啡館裏見老闆在吃泡麵，問幹嘛吃泡麵。他答：「好吃啊，難道你不吃嗎？」我則說了：「登台灣高山，到了兩三千公尺，什麼也買不到，那時呢，泡麵熱騰騰的，鹹滋滋的，湯呼呼的，真是美味，真是恩物；然我們身在最方便的大都市，半夜亦吃得到太多真正的食物，何必因為自己懶、因為它的鬼斧神工做假而製出的『近似美味』而去吃泡麵呢？」

此一事令我想起前幾年另一事。我責一年輕人怎麼淨與一些空泛朋友混在一起。這年輕人此時看我的神情，像是說：「舒大哥，我沒有你的能耐與境遇，當然只能如此啊。」

我之所以脫口責他，便因這年輕人質地甚佳，又很開朗迎向人生，且才氣不差。然則何以交朋友不行？或說，沒與質地豐闊的人結成朋友。

與登三千公尺高山同讐，你若局限生活於一個小村莊，全村沒良材，也便罷了；你今生活在無邊無際大城市，可遇之人甚多，怎麼會有意思之人沒成為你的朋友？

哦，是了，是你不去挖掘人生。你只會看書，只會演奏樂器，只會捏陶塑杯子，只會攀山溯溪，卻說什麼也不去找人相往還、找人共同探究生命，便自此少交上了一些朋友。

人跟人怎麼交朋友？

這是大自然本來即存在的磁場。如同雨後的遠山所予人之吸引，也如同日出、日落。凡你和一個班上僅三四人一逕常相鬥陣，便道出了朋友能否交成的實況。

人和朋友在一起，究竟做些什麼？多半是談天。此是朋友相聚最要之舉，亦常是最大之樂。但應當是不怎麼有條件的談天。

有人見人只說三分話，很是客氣。

有人每日一早送報，我在想，他四點即起，豈不是晚飯後不久便要準備上床睡覺，那他怎麼與朋友暢談深交？且看我們與朋友無休無止的混，皆是在那些時刻。

交友的光陰，何等要緊的人生時間。往往涉及深夜，甚至涉及熬夜。你去看，過癮的與至友相處或暢談，多半要消使掉五個七個小時。那些永遠和人講上二十分鐘話便看錶、繼而轉移戰場的人，亦可能是不需朋友的人。

有一些人，你從不會在飯館、咖啡店、酒館等「沙龍式場所」遇上。又你與常去各館子的朋友聊起，他們亦說不曾見到那些人；這說明了那些人多半安守家中。亦即，他們甚少與朋友相聚相談於沙龍。

其實有不少人是不需要朋友的。或說，不花什麼時間在交朋友上面。倒不見得說，他們把時間花在刀口上；但看來這可能性頗高。同時，再觀察他們使錢，也常使在刀口上。這些人，往往甚是和善，早睡早起，不麻煩人家，記得吃維他命，也不反對儲蓄，常常真存了一些辛辛苦苦節省下的錢，卻往往人算不如天算（好一個殘酷句子！），錢又被倒了去。有趣的是，他們平時不怎麼交朋友，卻偶爾交一朋友，卻遇上最快令他的錢消失的人。

人一旦有了自己恒常的業作，每日皆需料理經營，確實交朋友的辰光便少了，豈不聞電話那一頭常傳來：「你現在方便說話嗎？」

然與朋友聚，是一需要；如同賺錢、吃飯、睡覺、打電話等是需要一樣。倘把交友這需要降至極低而又可以，則顯示此需要不大。而交友需要不大的人，他的何種需要大？必然是一些單獨消使之事變得更需要。這很難說孰好孰不好。然可注意一節，凡必須個人單獨方得進行之事，往往是危險性頗高之事，像精神病（豈不見有人自言自語？），像間諜（不惟不堪交友，連家人也不能多談），像職業殺手（但這一行，電影中較多見，尋常社會實少），像皮肉生涯者（最怕尋芳客中突然來了昔日同學）。

猶記二十年前在美國，有些自台灣去的家庭，說及在美與大陸剛出來的人交往，他們的說話與行為，常須隱藏些許；好比邀請某甲來家吃飯，某甲會問：「還邀了些什麼別的朋友嗎？」當主人答以「有啊有啊，還請了同樣是你們大陸出來的某乙某丙」時，則某甲往往託言該日有事不克前來。

這十多年，台灣人赴大陸旅遊探親做生意的多得多了，常聽他們說與大陸人交朋友確實不易。甚至大陸人自己彼此之間交朋友也有其含蓄、有其不盡表露之謹慎。據說是解放後二三十年間人與人之不便全然信任的大環境下之隔閡必然形格勢禁生態之所呈現也。

有些人所交的朋友，你多年後再察看，發現頗有某些情形，便是，他並不以喜歡那人而交往。他可能是因那人的功能而交往。乃你竊想，他交的朋友們你皆不會交往；而你不交的原因是，不喜歡。

怎麼會有人能和不喜歡的人還交成朋友？

就像怎麼會有人能同不喜歡的人還結得成婚一樣。

一個人到了老年，若能說他一輩子沒有不喜歡的朋友，這是何等教人欽羨的成就！

（二〇〇八年七月四日　聯合報聯合副刊）

旅行與我

一、為什麼是我在旅行

他們說成是旅行，我倒覺得是徬徨。

我不敢說我愛旅行，但我真的敢說「我不愛待在家裏」。

每天一起床，我就想往外跑。外面，是我天生便認定的地方。

我自然而然地以為人醒來後便是要走出門到外頭去（哪怕有雨有雪），而不是從臥房移換到客廳、書房或廚房，卻猶只是家中。我一直這麼以為，自小到大。

我總是弄到睡覺時分才回家，起居二字，於我用不上。亦從不在家燒咖啡、泡茶，此二事皆在外間人羣中消受。甚至滿牆的書，亦是自己多年來想當然耳地買來準備細讀卻實際總在外間書店架子方有翻覽的情境。

難不成我住的是一帳篷而不是一處有廳有房有地址的屋子嗎？啊，是了，莫非我體內流着如游牧人般不得停定之血液？

二、時代與環境的可能因素

固然人人愛玩、愛觀看風景；但有少數人的玩，其實是逃避，是無一必去處（如工作）可去。我即是這種少數人裏面的一個。

並不是我一定想去哪兒旅遊、去何處觀光增見識，是我絕對不想待在一個侷限的行業與制式的空間去必須幹啥。

我只是想逃開那些可能的拘限。

可以說，我的這種漂泊或這種遊歷，同我的境遇有關。譬似，我生在何樣的一個時際（戰後，父母自大陸遷台）、何樣的一個家庭（既非工商、又非軍公教，卻已然清貧無恆產）、何樣的一份秉持（是要讀書覓取功名、抑是經商發揚資財、抑是自我修潛、隨遇而安……），最後成為現在這個東晃晃西蕩蕩的我。

三、我的遊法

沒法說誰遊得好、誰遊得不好，只能說誰對旅行的需要更強烈、更深濃，誰想一步步遊得更貼近自己心靈罷了。

我不是專挑絕境、奇境（如南極、北極，喜瑪拉雅山、撒哈拉沙漠）去遊的人。更不是想累積數字（如曾遊過幾大洲、一百多個國家）的旅行者。更不會夢想花大錢去一些奢侈不可攀地域以求博取某種紀錄的遊法。

有的地方我去，是想一窺究竟。像羅馬，永恆之城，二千年前的雄奇偉大。雅典亦是。至若紐約，則是近一、兩百年的永恆之城，略有相同意趣。

巴黎，是城市佈局最美、樓宇間隔最恰宜、橋河樹園最配置得當的城市。我若去，皆是為了這些；此外，像美食、書店、電影等皆非我去巴黎的重心。佛日廣場（Place des Vosges）的小而靈巧，四周公寓的比例與拱形廊道，舉世稱絕，我每次必去細逛慢走，流連不捨。

安徽的名山，如黃山、天柱山、九華山，我最愛去。江西的三清山、浙江的雁蕩山亦是。此是人間仙境，亦是宇宙之神奇，更是中華兒女美學與繪畫之最佳真實藍本。當然，古人的詩文咏嘆早埋下了我深心嚮往的根苗。

台東的海岸與山谷，是我近幾年發展出來的「後院」。大約一年要去上十次。也就是，如果偶而離開台北，又不乘飛機、不出國，卻依然獲得滿盈之極的外地感，與台北相距已如天涯海角；這時，我便去到台東。在小山谷裏鑽來鑽去，一回頭，太平洋永遠橫躺在那廂。我對這樣的隱僻台東，早熟悉得不得了，其實只是假裝有朝一日倘要隱居耕讀，那二畝薄田到底會在哪裏？

四、回家，還是不回家

旅行也可分兩種，要回家的，抑是不回家的。

京都，像是回家。乃京都整個城市像是一個大村莊，充滿着竹籬茅舍、小橋人家，村窗樹影之後有着燈火人聲，好不溫暖融融。來抵這裏，真是回到了定點，哪兒也不忙着去了，至此，方算是歇停下來了。京都充滿着各司其職的工與匠，人在這廂，才是真真切切消受到諸多的悉心照料，焉知大觀園不也就是這樣嗎？

美國的公路驅車之旅，則是一種不回家。每一段窗外的路景，每一處即將滑入與不久滑出的小鎮，皆點出你猶無法決定留下的必然變數。而你也未必着急。誰說這個小鎮便是你打定主意要赴之地？

不回家，曾經是多少小孩在生命中何其嚮往的一樁經驗，但終究又有多少人真去貫徹或真去淺嘗呢？

（二〇一二年六月　讀者文摘）

韓國游記

韓國雖處鄰近，卻從未遊訪。二月中趁著朋友畫展，速速玩了八天，時日固短，也頗有可以一述者。

為何選上韓國而遊？問得好。乃韓國幅員有台灣二三倍之大，人口是台灣二倍，諸多粗獷文明程度，或許兩者頗多相通處，這樣的地方，最值一探。此一也。再者，韓國出了首爾、釜山這兩大城，其餘市鎮，人口僅二十萬者頗普遍，如慶州，如安東，這樣的國家，往往有許多埋藏在鄉僻處的優佳景致與偏美器物，這是最值得深入探寶的，此二也。另就是，台灣與韓國皆是八十年代的亞洲四小龍，但台灣是新境，地上無啥古物件，韓國則是古國，古代物件猶遺存一些，雖不及中國大陸多，亦不及日本多與細緻，正好值得台灣遊客以粗眼快眼來匆匆過目，搞不好亦能看出些許東西來。此三也。

首爾地下鐵中，仕女裝扮極是巧妍，已直追日本。足見韓國大城市的「追逐美麗」意識，已然強之又強。相對之下，樓房的建築與市容之格局，猶顯追得慢些。

傳統言之，韓國陶藝甚高明；然要在仁寺洞三五家器物舖子挑選茶道具，不易一下子完成。倘真是配杯子、搭壺、選泡茶的平台與煮水的爐具與燃材，壓根要走上不止一二個鎮區與看上幾十家新舊店家，或許有些眉目。

然布料甚可觀，棉布拼花允為一絕。麻布更是普遍，且染色既傳統又時尚，這是我們這布料文化早已流失的台灣寶島最可豔羡之處。

韓國的僧袍，最稱出色。路上所見，看來已逐漸馬虎；電視上有數十年前老和尚受訪畫面，布袍上還打著補釘，布的色澤、紋理等，直是人隨身穿的最好衣衫。

現代亞洲人的新式布衣，究竟可以怎麼做？或哪個城市的設計家製得最簡略好看，看來這幾年中香港、上海、京都、東京、首爾，抑是台北眾家武林高手，總要拚個你死我活，便可見出真章。

韓國食物，幾天吃下來，有一感想，似乎味精不多。另外，麵吃了三回，包子餃子吃了二回，石鍋拌飯吃了一回，這幾項皆運氣不錯，製得頗好，尤其慶州某麵舖，他是現切現下，麵條呈微紅色，據云是古老種的小麥，特別有滋味。至若韓定食、泥鰍鍋、菜葉包食材吃等，則諸碟滿備卻紮實佳味者不多，便可惜了。

若與日本的吃比較，韓國的麵條較為多元。又蔬菜極豐備，最稱優勢。日本吃飯，五六天之後，因蔬菜獲食不易，已教遊子開始焦慮。這一方面，韓國完全放鬆，更別說韓國小吃店中出飯出麵架勢上的大塊文章，教人感到絕不會餓著。日本旅行，則偶有一兩頓你不知怎麼竟覺得沒吃飽。

韓國喝茶，喝的是植物炒製或蜜煉過的飲品，像柚子茶等。最教我喜歡的，是大棗茶，將曬乾棗子慢火炒成糊泥，去籽熬煉成濃湯。仁寺洞「傳統茶博物館」（Tea story）的大棗茶極好，這就像香港「大良八記」的核桃糊一樣，我個人最嗜，但台灣由南到北沒法吃得到。

韓國不大有我們喝的那種茶葉之茶，像烏龍茶、鐵觀音、武夷岩茶、普洱茶或西湖龍井。但與不少有識之士相談，他們其實早樂於喝些那樣的茶，甚至早有人迷上了普洱老茶。以今日首爾的生活忙碌旺勢，絕對有太多人想靜心坐下、小爐烹水、慢條斯理喝它幾杯好茶。故在首爾設中式茶莊或開辦「紫藤廬」式茶館，應有可為。甚至成為小眾之流行。

此次遊韓，最主要想看慶尚北道、安東市郊的河回村。一看之下，名不虛傳。依稀是五百年前形樣，土牆木屋。尤以洛東江在此打一大彎的先天地理優勢，造成它能完好保存五百年。村中屋舍，養真堂、忠孝堂極有可觀，而「遠志精舍」這一鄉紳的書房式別業，遙望河對岸小山「芙蓉台」，景最經典。渡頭有小舟，可渡人至對岸，攀登芙蓉台。渡口黃沙漠漠，上坡處一大片松林，時值嚴冬，颯颯作響，直是古人揮淚離別處。導演侯孝賢籌拍唐人傳奇，倒可以考慮在此覓景。我們自首爾搭二小時四十分鐘大巴來抵這二百五十公里外古村，太值也。

慶州的半月城高坡，連同雞林、瞻星台，最佳散步賞景地。石窟庵自下車處步行上山，此段土路，倘逢下雪，必是絕觀。就像昔年遊德國新天鵝堡，一路大雪，步步維艱卻又步步驚喜，冬季出遊，最宜賭一賭這等運氣。

（二〇一二年三月二十四日　聯合報「名人堂」）

京都遊之小講究

先說選定下榻的區塊。我有朋友喜歡住在三十三間堂附近的豪華飯店；我想那是圖房間的舒服，或許沒將附近的荒空考慮進去。倘要為了生活上（吃飯、乘車）、人煙上、閒步上、遊觀上、享樂上、甚至文化上（如買文房、逛舊書）等皆較豐備，近年我多半選四条（南）與御池通（北）之間、河原町（東）與烏丸（西）之間的地段來住。

東西向的三条通，最易走經。不只跨在鴨川上的三条大橋所具的重要地位，三条上的西式樓宇亦甚可觀。而稍南的錦市場，幾乎可以每兩天逛一次，買點吃的或準備返家前的禮物。而寺町通，稍北的一保堂（茶葉）、清課堂（銅器），與稍南的鳩居堂（文房），皆在其上。

喝咖啡，六曜社、Smart Coffee、Inoda皆在左近。吃飯，三条通上的Katsukura豬排飯、車屋町通近押小路通的本家尾張屋蕎麥麵、錦市場的「大安」牡蠣屋、Hale湯葉丼，皆極有特色。

另外，出外遊玩，此區亦便。如去嵐山，可在「京都市役所前」乘地下鐵東西線到二条，換JR至嵐山。倘要去貝聿銘設計的Miho Museum、可乘東西線至山科，換JR至石山，再乘3路公車而抵。

倘去鞍馬，可在三条京阪乘車至出町柳，再轉取叡山電鐵這種只有一兩節的小火車而抵。在此洗露天溫泉「峰麓湯」大眾池，一千日幣，最富鄉居情韻。倘去南禪寺或清水寺，根本可搭計程車，三四人同乘，比地鐵費猶廉。

處這地段，則洋式的飯店（hotel）或比和式的旅館要適宜。此一講究，為了下午返回下榻處略事休息。這在青年旅社（youth hostel）或民宿、旅館，未必合於規矩，而西式飯店沒問題。此種一天分兩段來玩，而中間以「返回旅店休息」為暫切點，亦是近年我才發現的妙招。不僅於體力有所蓄養，更對適才所遊景物有更寬裕的咀嚼與回味。舉例言，一早先去南禪寺，接著走「哲學之道」至銀閣寺，看完了，若是以前，必會繼續接下來的行程，如登上吉田山，在「茂庵」吃一點東西，或是至另一處山腳逛一逛京都大學，哇，簡直把自己弄得累極了，並且也不怎麼細嚼慢噍佳景。

再如一早至清水寺，接著三年坂、二年坂，走寧寧之道，看石塀小路，再看八坂塔，便可回家吃午飯睡午覺了。若是以前，不但高台寺要看，更詳逛圓山公園，再至青蓮院，一直走到東大路上的「一澤帆布」，最後只落得在隔壁的「中井果實店」買一個剛蒸好的紫皮番薯匆匆果腹矣。味道固不錯，營養也有，卻全程太慌累了。

至若去東福寺，最宜半天就回。去金閣寺、龍安寺，亦然。但去嵐山，則無法。去奈良，更不能半天便返。剩下的半天，怎麼玩？這是個好問題。一般言，上午若看了經典寺院，下午未必再看寺院；有的喜看博物館，有的逛器物舖，有的逛百貨公司，有的挑近處的「故居」如「無鄰庵」、「涉成園」逛逛。更有的，樂於在川畔散步，如賀茂川近出雲路橋。另外想找個地方看看書亦是好的。更好的，像是到鞍馬洗溫泉。

另就是，京都早餐之搞定，最是要緊。尤其早餐一吃完，便要往遠處而去，故早餐何重要也。三条近河原町的「進進堂」，最靈巧可喜。兩三片全麥麵包抹上牛油，就著一小盤生菜，再配一碗熱騰騰的蔬菜濃湯，再加一杯咖啡，才670日幣，最速又全備。然不能太多天皆西式早餐，偶有一天，倘能陪長者吃一頓日式早飯，則Okura Hotel（「大倉」）的六樓「入舟」，雖費二千八九百，然調換胃口，又可「借東山之景」略得眺目之樂，亦是不錯也。

（二〇一五年十二月二十一日　聯合報「名人堂」）

京都與義大利古城的比較

做為台灣人，出國旅遊，看到別人的城鎮恁的古舊，一石一柱俱留著歲月的摩娑痕跡，真教人讚嘆不已。其中更以兩處地方，一是亞洲的日本京都，一是歐洲的義大利諸古城（如翡冷翠、西耶那、波羅涅亞、Verona、威尼斯、帕爾瑪、Lucca等），不僅古蹟眾多、古意盎然、景觀優美，更因生活享受極臻高峰，食物精美、工藝典雅，故此二處往往最受舉世旅人深愛。

這二地皆好，卻又好得不一樣；不禁興起將它們比較一番的念頭。

京都第一印象是，木造之物多。全市皆布滿了木框木格的東西，房子自是最主要者，即器物亦圍繞、搭配著這一大片木結構的場域，如布簾、竹籬、繩索圍欄、牆邊倚靠的掃帚、紙門與紙門後的棉被等。義大利的古城（且簡稱「義城」）則給人的印象是，石頭多。處處是高牆厚壁，處處是大片的石板平面，還未必只說的是大教堂前的廣場而已。人在各處巷道行走，左右是高聳的陰冷厚壁，腳下又是堅硬的石頭地面，有一股森然肅嚴的氣氛。偶而有聲響傳來，往往放大成不堪的音量，有時是人的高談闊論，有時是摩托車的呼嘯而過。

故京都常予人柔軟之感，而義城則不免堅硬。又京都廣植樹草，甚而又在其旁配上茸毛，如青苔，再加上樹下不是土壤便是小砂石，寺院的空曠處亦廣舖細砂小石，故其柔軟的面積十分廣大。義城不但相對上樹木不夠濃密，亦不在石牆邊栽植草莖，更因廣場式的石板平面太遼闊，流露出它的堅硬。

這也形成義城色彩光亮，或說金黃，甚而耀目。而京都綠意過鬱，草與草的夾縫甚緊，有時整個城陰氣略顯重了些。不知道這空間之乾硬與樹草之遮掩等因素，是否和京都街頭甚少賣藝者、彈吉他賣唱的有關。義城則廣場上奏樂者、賣唱者極多極高昂。且音樂聲經由石板、硬牆產生共鳴，更增嘹亮奔盪。便因如此，義城的演奏者與聆聽者共同造就出某種所謂「義大利式」的熱情。京都的土牆綿延與無處不樹花反烘托出某種「日本式」的清寂與淒美。

義城裏的人眾，頗像百分之百的城市之民，全身上下看不出一絲剛才挖過土、跪過地泥、剪過枝條的樣子。而京都的百姓，則頗富鄉村農居感，幾乎大多皆像不久前還穿著農事裝扮、彎了很久的腰，不管是拔過草抑是清過水池。

於是京都到處見得著相貌滑稽，背微躬、腿羅圈的各行各業百工百匠之人，而義城則多見身穿剪裁合度（如緊身皮夾克），手插口袋，頸腰打直，昂首展步，竟像是只消在都市中遊觀（常對著櫥窗）便是生活全部內容的純粹世故都市人。故而在義大利，常看到廣場或街角隨時有閒閒佇立、自管自觀望別人的自由自在使用公共空間者。在京都或在全日本，絕無人自管自站那廂無所事事慢條斯理觀看別人之舉。無人敢於如此縱情的行使此種所謂自由。

這或許也形成，在京都，人行於路上，甚少飛揚佻達之左顧右盼者。這竟也頗與土牆，幽延的沉靜場景相合。在義城，人走路上，步伐施展，扭肩擺腰者甚多。甚至登高靴、大跨步、旁若無人重踩石板令之出大聲亦多有，即穿巍顫顫高跟鞋的妙齡美女亦如是，自與其厚牆硬地甚相合。

京都或日本各地的火車站，常有種類豐繁的便當，教人食指大動，卻未必易於選擇。義城的火車站一出來，商店常列著一疊壓著一疊的各式三明治，疊堆得甚有美感，肉的薄片猶自麵包的邊上露出些許，番茄與生菜亦微露，也教人食指大動。兩地的食物雖不同，卻同樣強烈的勾引著旅人。

京都的古典市集，要不售古董、舊器物碗碟、舊和服，要不售些煮物、烤物的食品，至若農家自栽的作物、或作坊自製的日用品（如衣、帽、帕、襪），老實說，並不太多。

義大利廣場市集販售的自家農產品（如果醬、蜂蜜、火腿、香腸、橄欖油、起司）則非常普遍。衣、帽、襪子、亦由小織造坊自製自擺攤自售。

京都有售漬物的老舖，令人流連不捨，幾乎每件皆引人心動。義城的老火腿店亦是奇觀，一條條的火腿吊起，一落落的起司堆高。此種老店，兩地皆極多，古意盎然，古風存焉，教我等觀光客哪怕不懂吃或無意選買，即觀賞已受用極矣。

兩地皆多咖啡館，京都多採虹吸式，端上時附奶油，客人皆據桌慢酌享用。義城則採蒸汽強壓式，往往出一小杯，兩三口可盡，如飲藥湯，亦未必需安坐桌前，即站飲亦宜。然兩者皆重質地，味皆佳美，市民品賞咖啡，一如品賞他們的美麗城市，深可無憾。

（二〇〇九年九月五日　聯合報「名人堂」）

江湖

我一個朋友說：「當一個人你在公共場所（咖啡店、餐廳、車站）看見他衣衫整齊、態度愉悅，臉上有浪漫希望之神色，卻又像一無所思，他的動作很想特意弄得很優雅，卻又無甚一逕之必要所寄，你看他的樣子無法看出他到底是做什麼的，並且又不像會做任何一件專業時，那麼他就是一個想做演員的人了。」

這樣的人，近十年來，我在不同的場合見過好幾次；有時在香港機場，有時在上海博物館門口，有時在金茂凱悅的大廳……

他每次的打扮皆不同，髮型也常改變，服裝也穿得很大方而有風格。他總是保持微笑，像是很滿意當天的場合或聚會，雖然我不確定那個地方或那一天有何樣的聚會。還好我不認識他，故還不用打招呼。有時我與我的一二朋友聊起這人，他們說也在某些場合見過這人，也不知道他是幹什麼的。其中一朋友說了：「不可能。一定總會幹點什麼吧，譬如說，會不會是搞設計的？因為他的裝扮很優雅。要不就是酒商。會不會是做旅行社的？或者，再不濟，是拉保險的？因為，他一定有什麼要『賣』才對。」

然他呈出一個情況，令我細察而去，總覺有什麼不甚完滿之處；思之再三後，對了，便是，「形有餘而神不足」這點。

（二〇〇〇年）

麗江的夢與真實

雲南麗江，最美是遐想。它像是扮家家酒的大型場景，來此便是要有遊戲的強烈興趣，乃它的空間最教人想一條曲巷接著一條曲巷的往裏鑽，往有庭院的地方探頭張望。

若沒有像捉迷藏一般的好奇心，或說童心，那麼這麼多弧形的、如迷宮般的巷弄石板小徑，便顯得只是尋常踩在腳下的路。但探看，看什麼呢？看人家牆內有什麼，而不是看店鋪在賣什麼。

感謝一家家的院子近十年被改成了客棧，使得遊客可以隨心跨進門檻，入內參觀。看了以後，有的決定下榻，有的繼續往下探尋。便因有這樣的幾個晚上住過、幾個白天在院子裏喝過茶曬過太陽、五家八家不同的客棧參觀比較過，致使有不少人決定令自己留下來，待在麗江把夢作下去，索性也去租個納西院子開起客棧來。

接著便是裝修。這也是都市人的一個夢，怎麼說呢？他打算採用當地土製建材，甚至有一面舊牆還維持原有的夯土磚。抽樑換柱也不在話下，此地的大木究竟比較多，即使是每個房間的床，也可以請木匠現刨現做。再就是器物，麗江的打銅極盛行，銅打的火鍋、銅打的杓子、銅打的各形各狀酒壺……太多太多；更別提玻璃的大泡菜缸、醬釉的各種陶罐子、素色的碗碟、搪瓷的盆盤等等之豐富多樣，如此陳設出來，多麼像是客棧中過日子該有的模樣！

接下來便是每日生活。前面幾個月，當然把附近的勝景大致的跑看一下，什麼玉龍雪山啦、虎跳峽啦、拉市海啦、瀘沽湖啦，看過了風景，然後每天在家忙些什麼？當然和大都市所忙者也差不多；要不是工作（照顧客店），要不就是顧家顧孩子。倘是藝術家，在此也得弄弄自己的創作，偶爾還到鄉下地方找些雕刻的粗材，木頭石頭什麼的。倘是爬格子的，也得在桌前動動筆，與大城市沒啥兩樣。但大環境卻遼闊極了，它像是美國的新墨西哥州，你自稿紙上抬頭望窗外，藍天白雲，哪是都市能有的？

故而在此生活，你要樂於東奔西跑，你得不介意開車開得多。你也要樂於接受在此生活的粗獷感，更甚至你要耐得住朋友數量不多的那份寂寞。但朋友真那麼少嗎？據說不少。而且朋友們來自四面八方，為了來麗江玩；這樣的舊日老友不時來訪，竟也成了你住在麗江很大的一項節目。多半時候你不捨得他們走，希望他們在此多聊聊；少數時候你感到疲於應付，竟自有些累了。

然而最平淡理想的樸素過日子形式，便是日出而作、日入而息、張羅三餐卻已然將一天排得頗滿的那種。而麗江即使美極，人亦須自己把日子過得充分，充分到即使把麗江當成夢做，也只是用過日子極少的間隙來做它。

（二〇〇八年一月十一日　聯合報「聯合副刊」）

行萬里路，找一個人

——旅行中的文史意義

飛機在不知多少萬呎的空中翱翔，透過窗戶只見灰白的雲片，一層接著一層，每朵任意結出自己要的形狀，它們是那樣安靜純粹，却又是無比的自由隨放。坐在機艙中欣賞藍天微雲，讓人找不著一絲可資專注的焦點，眼神不知射往哪裏好；就這樣，過一會兒你可能看著看著便不禁閉起眼皮，打起盹來。又一陣子後，你又張開眼睛，所見仍是天空，仍是雲霞，這些雲霞沒一片有名字；若片片有名字，你也無法盡數記住。透過窗孔看它們，令人有無比遙遠的感覺，所得的是無知的美，是超然的安寧，其中沒有歷史、沒有故事、沒有興亡得失與血跡眼淚。也於是你看到的是永恆不變，也同時是稍存即逝。你永遠掌握不住它們。你永遠沒法了解它們。

你甫見過，便又忘了。

很少旅行公司登刊「飛翔看雲」的旅遊廣告，一如鐵路公司總是認為乘客要奔赴某一特定城鎮而非為了在車上瀏覽向後移動的無名樹木。是的，人們一逕奔向那些有名有姓、有史實有事情的地方，若非如此，人生的旅途不得稍停，而「車站」一詞也竟不得存焉。

友人的雙親到紐約來玩，我們陪著兩老人家在高樓林立的街道上走，他們在高樓夾縫中，只覺得分不清東南西北，並沒有就建築或文物景觀來做細部的欣賞，直到我們說「那就是有名的帝國大廈」，他們才昂起頭，有意地凝視著它，似乎想在短短幾十秒裏專神地將它記在心中，讓這座針頂的摩天大樓與曾經耳聞了幾十年的「帝國大廈」四字儘快地連在一起。

景物只是景物，假如沒有人事來與它映照，它竟會孤立到被人不自禁的忽略了。

紐奧良的「法國區」如今是百店雜陳，音樂與酒瓶聲此起彼落，倘若沒有人告訴你福克納在本世紀二十年代曾在海盜巷六二四號，你很難會去觀察這些綠樹扶疏的小天井中竟也是不少傑出作家當年沉思創作的源泉可能。

人類天性喜歡資訊、喜歡故事、甚至喜歡傳言，而這些東西恰好溫暖了人類的寂寞。一幅天鳥飛絕的世外高山的國畫，總也要添上寥寥幾筆鈎出的草舍，否則太清絕了，讓人不忍觀賞。

在美國旅遊的華人常常會有這種感受：「他們說這地方有名、這地方好玩，我看看也沒什麼特別的嘛。」這種感受在於，遊覽城市必須講究史實陳蹟，而中國遊客大多不諳美國當年的歷史事件與那與時而增的人文掌故；至於觀賞山水，又必須附帶地理與植物的講敘，甚至山岡與古樹也需起個有趣名目，否則看來像走馬賞花，隨走隨丟，腦版裏印不下痕跡，便也就感到不足矣。

須得賴史事才能成其受人欣賞之景物，當然說不得要冒上一次險：倘若人們對這史事不感興趣時，它便不足觀矣。好研究政法的某些朋友，總不時與我談起華盛頓特區的種種掌故，語氣中有讚美及興奮之情，但我個人對華府多次的盤桓，一點也不曾讓那些紀念碑、廳堂等景致多收眼底。

倘若一個大城有二十座銅像，通常我只會得見三到五座，而其中有一半是無意撞見的。猶記台北中山堂廣場近武昌街處有一座孫中山先生銅像，他身穿西式長大衣，手握一卷像是建國藍圖一樣的紙卷，那座銅像當年一直給我不錯的印象，我常與友人在那相約，便因那是鬧區中尚稱安靜之隅，而恰好西門町也沒太多銅像侵略人眼。比較起來，美國人是太喜歡豎銅像了。

新墨西哥州聖大非（Santa Fe）四周高原荒野上多的是印第安人的古時遺跡，但往往只是一堵殘牆、一塊斷石，或甚至是荒煙蔓草間傳說中的一段記憶，是那麼的難以名狀，難以指認，何其卑微而不求人瞻仰閱讀，然你我驅車經過，反更是竭盡心思去想像當年是何等一個場面。相較之下，銅像之樹立，端的是一課強權式之說教，它限制了人的自由。

美國是充滿某一種「真實」的國家，也於是文字作品中到處是專有名詞；一部充滿想像的文學書，也必須說：「他駕著一輛老Dodge，邊飲著Coke，邊聽著Miles Davis，在99號公路上疾馳。」

初來美國的人，先須從美國的專有名詞上學事，各個速食餐館的名字、各個汽油廠牌、各個汽車廠牌……如此下去，便是美國文化的大部份了，然而是嗎？當然不盡然，連美國的有心知識份子也耽心這種粗糙名目佔據了美國民眾的視野，使許多此一國家更重要的品質都給蓋掩了。

美國人對「名義」有極為好提及、好尊重的習慣，像歌曲、小說中不厭地提及紐約、舊金山、紐奧良、第七大道、日落大道等，是很難在中國作品中發現的現象，中國歌中何曾有洛陽、潮州、九江、寧波的談及？

街道、弄堂、路口等小地點，所予人的感情，往往亦極深刻，令人不忍忘却，這在中外皆屬人之常情，只是西方人將這番記憶提談較多，而中國則不事宣揚罷了。

便因談論的文字一多，那些原本不甚奇特的地點也竟在旅遊中擔當了一份供人賞玩的重任。女詩人艾彌麗．狄瑾蓀（Emily Dickinson）在麻省愛姆赫斯特（Amherst）的故居令不少慕名的喜愛狄詩之讀者想一濡清逸絕俗之仙冷氣息，然而那地方並不和造就狄瑾蓀的傑作有什麼必定關係，詩是她那個人寫出來的。

詹姆斯．喬矣士所寫的《尤力西士》一書，洋洋二十六萬言（其中含三萬個字彙），故事全部描述一九〇四年六月十六星期四這一天中的種種發生（內心與外在的）。喬氏將這部巨著的場景設在都柏林。都柏林城中大大小小的街道、酒館、高塔、郵局等地他皆不厭提及。喬翁無意做都柏林的遊蹤記往。他的藝術觀也無須倚賴對此城的歷史瞭解，正因為他經營的是一部讓人不易一時接受的意識流、不主真實的纖細精鍊的文學，所以才將時間地點做某些真實上的呈現，令讀者在迷宮式的閱讀中有所依循。喬矣士寫此書時，已離開愛爾蘭故國多年，書中的都柏林，少部份經由他的昔年記憶，大部份是參考《托姆氏都柏林指南》（Thom's Dublin Directory）構寫成的。但教習《尤力西士》的先生與心儀於此書的後日學子，皆對手中都柏林的地圖想要有朝一日能將之復活於自己腳下的隱隱欲願。

因此，旅行實在不是一件形式上的工作。親眼得見、親腳觸及固是一種旅行；心中幻想、耳邊得聞也完全未必不是真實的漫遊。這一切在於各人自具的心念。沒有那份心念，人即使已到了現場，也完全沒有那種感受。甚至解說的朋友或導遊及時向你灌輸與現場有關的趣聞或真事，也未必動了你的心。向好吃中國米飯的人大多義大利披薩脆餅的有趣燒烤掌故，他未必因而改了胃口。

好真實的人一逕在幻想宮裏仍不忘找取真實。法國大文豪馬塞爾．普魯斯特

（Marcel Proust）的《尋找失去的時光》（À la recherche du temps perdu，或譯《往事追憶錄》In Search of Lost Time，後來的中譯本稱《追憶似水年華》），法文原版有十五冊之厚，英譯本長達四千頁，都一百五十萬言；書中涉及人物超過兩百個。如此一份資料讓不少精讀此書的人認定是一本描述真實事件的書，是一本作者的自傳。這種說法，一如說曹雪芹的《紅樓夢》是作者自傳，是發自無意於欣賞文學之人的心與口。並且他們不適於在遙遠之處品嚼作品，倒比較適合設法與作者當面認識。他們的遺憾不是發作在對作者細緻神思的驚異讚嘆，而是發作在恨不得見作者是否也和自己一樣吃飯拉屎。這類要求真實的人，永遠只見到他心中以為的真實，並且永遠有生不逢時之憾。

卡夫卡的朋友特別提出他是一個對布拉格這個古城極為熟悉，極有研究之人，但卡夫卡從不在作品中提地名、街名，甚至連人名也很少編派，然而他寫的，是人類有文學以來最「真實」的一種作品。

人類找尋自己的這件大工程，即使在旅行中也可剎那間反映出來。有人一看見外間的山水，便立刻想起了家。有人一受美景感動，便頓時感到有太多事還沒去辦。電影導演在小說中見到的真景實地，卻在改編拍攝時特意去找自己要的景。何也？為了更貼切自己的心中風景。

亨利．詹姆士文筆雄厚，遊歷極廣，他筆下提及的歐美地點甚多，然伊迪絲．華頓（Edith Wharton）女士憶及早年歐遊時，詹氏總是自告奮勇和華頓的丈夫掉換座位，硬要坐在司機旁邊，以便帶路。然他雖在英國鄉間居住經年，卻每次都帶錯路。照華頓的話是「詹姆士完全沒有方向感」。可見詹氏雖是舉世最偉大小說家，對景致人情刻劃皆是細微入裏，然那乃是他心中深邃天地，是他消化過的另一件嶄新藝術，與他多年肉眼攝下的外在真實遊踪並不相干。

旅行中的真實，可能是一人一生中極小部份的真實；斷不必因為走了幾千萬里的迢迢行腳，便以為事態於是有了改變。以此理曉之於旅居美國這一事況，乃可言「生活於美國」一節實未必意味人云亦云、你我多年聞見的那一套，而美國之美、之佳、之有趣，或美國之俗、之淺、之無足觀，也必與吾人身內的真我相做觀照，而後乃成其謂也。

（一九八四年十月六日　美洲中國時報）

旅遊要與心靈契合

每隔一段時日，想到要去哪兒轉一轉了，於是旅遊的計畫便在腦中醞釀，接著便選出一個景區，出發了。抵達該地，要去之所一處一處的去，中間遇到吃飯、喝飲料便停下來吃喝，遇到新奇的東西想買，也偶爾買下來。

然而，有時風景甚好，博物館也豐富可觀，人來人往也都是好模樣，但不知為什麼，就是有一點空泛之感。這時候，旅行似乎不那麼讓人著迷了。

原來旅行也不能只是想當然的「外在」啊，它要與心相契合。

有一年，在杭州西湖遊覽，雖已去過多次，仍然感歎風景美極、氣候舒服至極，只覺得人在其中可以徜徉一整天也不會厭煩。走著走著，見一塊僻靜樹下空地有三四人練著太極拳，打得頗好看，看得出是下過深刻功夫的。又見其中兩人在推手，邊推邊說著「鬆」、「勁」、「化下來」等字詞，頗有興味，不覺看出了神，心想：明天還要再來旁觀。晚上回到旅館，居然想的是那些太極拳的習練者，而不怎麼念及西湖風光。

西湖景致優美，會一直存留在那兒。如果你心中沒有它，眼睛飄過它，只是有一個泛泛的模樣，感覺也不怎麼樣。而見到了這些練拳的人在推手中如癡如醉，竟有一種旅途上的「深得我心」之感。

又有一次，去山西玩，跑了很多地方。《西廂記》裏提及的普救寺去了，平遙去了，雙林寺去了，壺口瀑布去了，解州的關帝廟也去了。某天黃昏，將抵達夏縣，事先打過電話，所以當地有人會在某個大路邊接我們。然而路途實在很長，下了高速公路，天都黑了。又開了一陣，四野空荒，車燈照出去，發現遠處路邊一棵大樹下有幾個人站著聊天，抽著煙，旁邊停著一輛車。在這種荒曠路上站著幾個人的景象，令人彷彿回到了古代。只是如果在五百年前，停著的恐怕是幾匹馬。山西古景無數，然而那天在樹下抽煙的幾個等我們抵達的人，令我一直記憶猶新。這便是旅途中令人深有震撼的景況。

有一年，赴安徽灊山縣，為了登天柱山。這座山名氣沒有同在安徽省的黃山與九華山響亮，然而它是隋代以前的「南嶽」（隋唐後才將南嶽定在湖南衡山），又是禪宗三祖修煉之地，山勢雄奇，怪石嶙峋，怎能錯過？

在登山口附近有一對母子在賣木頭雕刻的小玩具，工藝頗巧，每件只售1元。這個價錢哪怕是在上世紀90年代中後期也算廉價至極。再看他們拎來的袋子，只裝得下幾十件，賣完後拎起空袋就能走，看來不像固定設攤的「守業」者。不僅如此，母子兩人的相貌也不同於常見的攤販，相當靦腆木訥，母親30多歲，兒子五六歲，容貌頗為好看，又含著十分慈愛與溫厚，幾乎不像路途中見到的山民或農民。我們一行四五人都看在眼裏，但又不敢置買任何東西，怕成為爬山時的負擔。同行的吳君蹲了下來，東看西看，挑了一件，硬塞給他們30元。他們頻頻稱謝，吳君連說「不客氣，不客氣」，便急忙回身趕上我們。我們都稱道：「你辦得好！」一路上，我們還猜想他們有怎樣的出身。大概只是普通百姓，更可能托身於農家之列，只是生命的路數恰好不俗。

攀山越嶺，奇景怪石層出不窮，隨即將這對母子的景象擱置腦後，只是後來常常想起這種突然出現在旅途的一幕。須知，人其實會在旅行中遭遇自己靈性上的需要。

（二〇一三年）

旅行中帶的書

旅行中帶一本什麼樣的書？這是個好問題。許多人在心裏都問過了千百次，然真上路時，仍是匆匆忙忙的能抓哪本就抓哪本的塞進行李出發。

先談談為什麼旅行要帶書。不少人是為了定心，也就是說，在漂移中總有些什麼可以翻翻、可以盯著一陣用用腦筋。否則空檔會太浮顯，須知有的人很不喜歡大型的空檔。不少人本來就愛閱讀，而旅行中常有些美麗的微妙時刻，如滑行中的火車，如安靜小鎮的午後咖啡館，在這時刻看書，常獲得珍貴的經驗。所謂微妙時刻，不僅僅像長途移動後產生的孤獨或寧靜，又是奔波勞頓後，不經意看進眼裏的字句。

再就是，不少人有在床上睡前讀書的習慣。視之為靜態的、無聲的、卻猶有一絲自我之逐漸休息卻仍還先專注些許心思甚至略略用腦（須知，有人用腦已成習慣，用腦反而令自己放鬆）的入眠前慣性。

有些書，是此次旅行原本要用的。像有人帶名人傳記（像《賈伯斯傳》），為了不久抵達定點後要開會或演講時可以引用什麼的。又譬如你帶了一本八十年前的紐奧良指南，正向著紐奧良出發。有時老指南在閱讀時的歷史趣味，較之新指南的實用，更顯出時過境遷後的另一股價值。

然而你去注意，多半人出外旅行帶的書，往往皆不是實用的，甚至很多是故事型的書，也就是，小說。

你在飛機場看到有些候機的人看的書，他的那種專注、那種往下翻頁知道發展，便絕對是小說。太多人願意讓自己跟著劇情往下而行，其實這感覺與坐著火車讓它載著我們奔往目的地是一樣的。

小說，是何種小說呢？有人愛偵探小說，有人愛間諜小說。這兩種類型，據說很適合在大城市旅行時閱讀，像倫敦、柏林、紐約。而亞洲的東京也很適合。至若人到了不丹、到了越南的鄉下、到了安徽的黃山，到了雲南的香格里拉，看間諜或偵探，便有點格格不入。有些國家及獨特，像日本；故而帶去日本讀的小說，與帶進歐洲讀的小說，可以極為不同。另外，帶到遼闊地域的書，像澳洲、像美國原野、像新疆，也可能不同於帶去人煙稠密的市井集鎮。

小說的「放眼可及」性，要比其「專業」性更適宜旅途。怎麼說呢？凡是人坐上火車、坐上飛機、躺在旅館床上時，一展頁便能往下讀的而不致感到艱澀的，是我所謂的「放眼可及」。若人必須具備一些特殊的鑽研，或一邊讀還需一邊前後翻查、思考者，便是「專業」了。

細節太繁密的小說，不管是科技細節、歷史細節、知識細節，並不適合旅途。乃人上上下下、進進出出，無法太顧及書中細節。故而像《紅樓夢》這種不世出的鉅著不見得適合帶在路上看。同時太過地域性、太特殊的類型，如武俠小說或西部小說，大約也不是理想的旅行中看的書。

一般言之，現代的較之古代的為宜。另外，世界各國的，也較之本國的為宜。「在阿爾卑斯山的山腳下，有一個安靜的小鎮，鎮上的鐘錶匠保羅這天吃過了午飯……」，像這樣的開頭，哪怕你在中國的成都青城山旅遊，亦不會格格不入。

當然，本國的作品當寫成世界型的韻味時，自然也很適合。

還有，短篇小說合適否？這問題問得好。一般而言，人們帶長篇的多。然有人怕一整本不容易連著看，也樂意看短篇集子，甚至看綜合多位作者的合集。

莫泊桑的短篇十分適合旅中來讀，乃他的人情世故、鄉村城市、生活感受等太也活潑多變化，讀來既不輕浮也絕不莫名其妙的沉重。中國的汪曾祺也是短篇小說在旅行中耐讀的極佳例子。美國的雷蒙德．卡佛（Raymond Carver），寫得好極了，句子也極有味道，然而未必適合旅途，乃太封閉靜態，並且也太沉重。

日本作家與英國作家常有一種很懂得觀看外間世道的灑逸筆墨，他們的書作（有些未必是小說）皆很有讓人帶上路的魅力（谷崎潤一郎的《陰翳禮讚》數十年來一直廣受歡迎，幾乎是最經典的例子）。當然，懂得欣賞蕭簡與品愛自然的國情，也令他們對旅途很有覺知，這是此二國的特長。說到這裡突然想到，我們自己寫東西的人，有什麼書是適於別人在旅行時帶的呢？

小說之外，詩，也是不少人喜歡帶著上路的。主要帶著它，如同無物，只是幾個字罷了。這種感覺，最教人舒服。其實詩集在身，作用往往極大；偶而眼中攝入幾個發你深思的句子，令你在好幾天說玩又像沒玩到的旅途荒悶中突的一下亮了起來。詩集硬是有這種空谷醍醐的奇妙效果。

詩話亦是旅行時宜讀之物。

英國企鵝出版社出過不少經典小冊子，其中一種稱「小黑書」(Little Black)，像沈復《浮生六記》英譯本之節選，便是其一。有些書，尤其是經典，你早讀過多次，然被人節選了，又英譯了，竟然你又生出想一窺的心了。

有些小說的「故事大綱」，本身便是好讀物。然最好與「導讀」聯合在一起讀。倘有高手將《從文自傳》作一深度導讀，又左右逢源的敘述沈從文的簡傳，再不時引述《從文自傳》中重要的篇章，還略提一些近代史，那麼那樣的文章絕對可以是「旅行中帶的文章」。

有沒有一家書店，特別闢出一區，叫「旅行中帶的書」，凡是在這區的書，皆是全世界問卷調查來的(尤其採自許多旅行作家或好在旅行中看書的文學人等等之意見），再加以精選分類、然後陳列。同時各國分開，使讀者一目了然，知道哪國多些、哪國少些。甚至哪個作者特別多、又哪個作者僅有一本。凡此等等，想必會很教人期待的。

（二〇一四年六月二日　今周刊）

求生、謀職與路上行人

一個人能做多少事？

可能很多，可能很少。

然而今一年輕人甫進入社會，覓得一工作，每月領兩萬出頭薪水，自此一頭埋進一些自己啥也不曉的業務；既是忙得喘不過氣來，又是怨聲連連，還一意想要存下少少餘錢以備不久之後買房，以為人生紮下根基之舉。

此種模式，只能造就更多終於或許有錢看似有房卻永遠壓抑自己才具、並扼殺自己夢想的社會一般份子，同時給予投機的開發商與融資家更多併吞大地資源與擠壓社會較弱階層的可乘之機。

那種每日慣在上下班擠車、在中午吃難吃便當、在不佳空氣的密閉室內上班又悔恨所賺薪水付房租後已所剩無幾的不稱意年輕人，老實說，他還不如隻身一人遠走荒野山海，挖挖野薯、摘摘野菜，釣釣魚網網蝦，最後求個溫飽，更來得適意些，甚至實際些。幾年後，城市的貴房子沒買得，或許鄉村的農地倒便宜租得一小塊，自耕自飽，亦不失安身立命。

倒不是教年輕人至荒野開墾，實是先講出求生之要。且看都市太多工作，只是教人懂得算帳，算出到了老年終於存積了多少現款與房產之帳；而沒教人求生，沒教人活，沒教人活得更好更快樂。

哪怕你沒去拓荒，只要你不惡質的混在那件你不想做的職業上，自己一步步但求糊口的去尋覓你想做的、你能做的、你愛做的某份業作，經過一些歲月（那怕是三年五年十五年），多半可以找到最適於自己的好工作、甚至好人生。

主要是，要求生求得好。

好像說，一個愛寫劇本的人，早上起來，準備了一個蘋果，以備中午當午飯吃，結果埋頭寫劇本，寫著寫著，待要休息一下準備吃午餐時，已是近黃昏矣。這才開始吃他的蘋果，一口咬下，我的天，怎麼世界上竟有如此甜的蘋果啊。

一個蘋果，勉強維生。但這種為自己的愛好去拮据求生，便是好求生。

一般而言，人的求生，分成兩種。一種是多念及自己的原始意志者，另一種是多念及自身嵌在周遭社會下所需綜合調適者。

多半的人一輩子在後者的狀態下，但亦有些人不時往前者上面去夢想。

求生與謀職，很多時候頗像一回事。但亦可以完全是兩碼事。只是現代的社會學將之籠統歸納成：人必須工作，工作而後有獲，所獲之物或財，則用以養活自己。也就是說，不管此工作稱不稱得上職、稱不稱得上業，人皆應由它而獲得糊口飽腹。

蠻荒之世，糊口有其難處。而今日人雖不處叢林，竟然糊口也有難處；否則何以大夥皆守著一樁爛職業、每日吃苦受罪而遲遲不敢言離。

是了，必然是職業一詞早已在社會中被弄成高昂門檻而人人必須藉由此職或彼職方能賺取溫飽。也因此，人人受習教育居然是為了畢業後才去選覓職業嗎？當然不應如此。豈不聞，受教育是為了明理嗎？

這種情狀造成，有的人大學畢業只能找到清潔工的職業，於是怪高等教育竟無法保障他一份優好的糊口之事。

何謂優好的工作？只要是操使起來令人高興、甚至是自己興趣所在，便是優好工作。如果坐辦公室八小時盯著電腦而自己不喜歡加上上班下班要忍受塞車，搞不好比做清潔工還更不優好。

弄來弄去，職業二字，看來真不是一個好詞。

也形成，多半已在「職業」下有所註記的人眾，構成我們社會的大致外觀。自視甚高的挑剔者往往不很滿意此種外觀。至若那些找不到社會上適於他想做的事之人，又看不慣路上各種早有職業的人他們的生活情態甚至他們的談吐與模樣，那他該怎麼辦？當然，很好辦，情勢會逼他砥礪自己的才具，最後開發出或創造出他自己得以過活的業作來。只是他必須做出別人可以取用或欣賞的物或事才成。亦有時運不濟者，沒在適當時機弄出與人相與的事物，終只有自怨自嘆、甚至自言自語，逐漸與世隔絕而憂傷以終老矣。

先說謀職。謀職不難，怎麼說呢？我昨天在路邊見一小貨車，堆滿了文旦，他謂是老欉，五斤一百元，買了回家一嘗，又甜又香熟。再回想他擺出來的十幾串香蕉，姿態甚好，細細尖尖的，頗有山蕉那股慢慢長出來的樣子。這個賣水果人，便謀得了好職。

一個人能找到好的貨品（哪怕不是自家栽種的），然後找到好方法售出，便是好職。如果這件工作又是他胸懷的極佳展現（譬他主張有機、注重環保、平日喜歡與山水土地為伍、又樂意將養人之物獻與社會大眾），這已不只是謀職，更是生命美善的高度實行矣。

故而人即使不能施展生命美善，先求謀一好職，亦需想「社會還缺什麼？我會什麼？」

那些看到坊間千千萬萬個包包沒一個合自己意的人，若自己下手來做，先做一個兩個，果然比它們好看好用，接著五個八個，尺寸形式不同，每個皆受人愛不釋手，一步步愈做愈多也愈好，這便開啟了一件職業。又這即使關乎個人的才氣，但如不是他自己最想做之事（譬如說，他喜歡傳道），那他仍未必需要以此為職。

太多人，有才具燒菜、種花、做陶、打拳、騎單車、尋穴道經絡推拿、彈琴、唱歌、說笑話、打麻將、擦拭地板刷洗馬桶、寫毛筆字，甚至把脈治病等，但他們的職業是別的。好像說，收水費的、軍人、小學教師、縣政府職員、報社記者、電腦工程師、大樓管理員、公車司機、鐵路局員工等。或許是職業令他們糊口，也或許是他們的才具只是興趣，不足以賺錢，更可能是才具與興趣從來沒被設想成職業。最可能的是，世上的職業項目早就籠罩遍佈，教人伸手拾來，人各一職，先擔當了再說；至於自己的興趣、自己的潛能、自己的才氣，也就先擱下吧。

再說說路上行人。太多的人，你自路上看去，幾乎已知縈繞在他心中的那幾件人生必然之事。即使不管是何事，也必皆是那些教他低頭無神、眉頭深鎖的性質。

我常說，路人的神色，是我的課本。自這課本，我學事情；自這課本，我教人事情。可以說，路人的神色，令我知曉怎麼選尋人生的方向，至少，不宜選他們中大部份人選的那一套。

若是到了銀行，可以看到更多人生已步入某些「深境」的狀態。當然，此處謂的深境，指的是難以自拔的意思。這就像到了醫院，會看到的頗多情狀之意。

路人的漂亮灑脫與否，便指出社會狀態的佳良與否。當然，不甚灑脫的狀態總是居多。

這是很不得已之事。

大部分庸庸碌碌又體態無神無采的人群，稱得上屈服於社會爭競局戲下之眾。倘有二三意氣風發神色者，則往往是在爭競局戲中微有斬獲者。

然這意氣風發，其實未必由於他後日有了成就有了斬獲的豐厚結果。更可能在童年與少年對原始意志一逕保持或癡或迷的想像力與夢幻度之無限延伸使然。

甚而可簡籠的說，乃出於先天也。先天者，即前說的多念及自己的原始意志之謂。便好似幼兒之想哭就哭、想鬧就鬧的那一番情性。

這便再說回求生。委實有很深濃的先天求生情質之人，自眼神便已表現出來，甚至自幼年已約略透露出來。其餘的，便是他如何試著在成長中不被社會風俗吞噬、不被偶來的困境貧窘說動去扭轉本心、不忘了去傾聽自己最起碼卻最實存的只求按心臟之律動吸進大氣呼出大氣的心底不能取代之永恆聲音。

幾乎讓人揣想，彼等自甘於看似庸碌無神之路上行眾，其實在幼年已埋下相近心志。他們對人生追求的角度，往往自早年便被打下很深濃很堅定難移的根基。你且去看，那些社會上極力將自己整個心神聚焦於安置錢糧的此一撮彼一撮人眾，常在很小時、甚至他的父母的血液中或甚至祖父母的基因裏便貫徹始終的注入了它不可排拒的要弄錢要弄錢要弄錢之根源。

除非他有過人的拂逆力，否則很難不就範也。

亦有一等人，被稱做「二世祖」（粵語），即一生依靠祖產過活之人，常常與「謀職」二字沾不上關係。乃他們不用也，甚至上輩亦不主張他們出外工作也（不管是為了低調安全之理由，或是只希望他們少吃點苦）。然有一樁，如此之人既無由以所工所作獲取溫飽，固免了覓食之苦，卻也少了覓食之樂。他們的食，是早備好的，不用覓，張開嘴巴吃便是。這在叢林野獸之界，是極不同的；倘有動物不用自行覓食，只需開口便吃，不禁教人想起一句古諺：「籠雞有食湯鍋近，野鶴無糧天地寬」，想起來竟有一絲心驚。

再就是，人（或動物）少了覓食之樂，豈非少了求生之樂？然則前說的求生情質者常繫於近乎與生俱來，若人真蘊涵此種特質，斷不宜因其他社會即使優渥條件而將之交換掉也。

再有一等人，從不考慮謀職，只問自己的本心。他的本心是一種類似愛的東西。凡他所做，皆是他愛的，皆是他從不考慮要替換掉的，皆是他生來必須如此的。好像說對宗教的奉獻，對道的矢志追求，另就是，母親這一身分。

求道者，或獻愛予世者，是最了不起的事業，亦是一種職，亦是好求生；然放眼舉世芸芸眾生，究竟有幾人找到好安身謀得好職業呢？

（二〇一一年十一月十三日　聯合報「聯合副刊」）

說無聊

無聊，一個頗好看的字眼，如今可能會愈來愈流行。並且會像傳染病一樣的流行。

今日我所見到的無聊版本，是那種起床後便開始找事情或人打發白天，然後繼續下去，設法在晚上甚至半夜還一逕往下熬混，直到再也不能不回家了，所有的店家皆須打烊了，這才返回自己的床鋪，與社會暫作道別。

這便是我看到的無聊。它以起床與返床睡覺兩者之間的光陰來呈現；在這一段時間中，有的人不知幹何事好，便一直玩手機、看簡訊。有的人不知幹何事好，一直去逛，或是逛百貨公司，逛衣服店；或是逛茶葉店，挑選他心中認定最養人的老普洱、老六安、老這個、老那個。也有人逛骨董店，當作是尋覓可能失之交臂的絕世珍稀，但一家店逛完又逛一家，往往與老闆談論時勢的時間比鑑古研藝還多得多。弄到後來，與老闆所聊已重複循環，早變得老調重彈，結果有時有新的客人進來，他甚至不捨得人家走得太快。

逛，便因人類有這個偉大的字，太多的無聊便可藉由它獲得正當的一樁行為。逛書店是其中頗重要的一項，有人幾乎每天進好幾家書店，並且鑽看得十分專注，像是替圖書館辦採購似的。又這些逛書店者，許多還真下手買，也就是，他勢必還須花不少的家中辰光來對付這些書；或是下工夫讀它，或是張羅地方堆放它，或是找另外的許多機會漠視它，而令自己離開家門去避開家中與日俱增的不堪。

有人說，有錢人以旅行來規避他的無聊。這在一、兩百年前即已如此。而如今的有錢人只是更形年輕化罷了。

為了旅行，他必須做些規畫。於是旅行指南的閱讀、網路資訊的察看，甚至結交一些同好等，成為他周邊的一些趣事；這類趣事有時比旅行本身（一年不過二星期）還對他重要。因為它更解決了無聊的問題。

旅行，也不是那麼容易的，且看有人下榻好後，接著走出房間，但發現晚上回旅館時，今天一天仍不知幹了什麼、玩了什麼，便好似那些在家鄉每天起床與返床之間的無聊狀態一般。

這樣看來，無聊豈不是一種社會病情？莫不是要將社會走至這種狀態的根由徹底改變，否則無聊不會突然不見。會不會無聊其實只是「餘裕」的同義詞？倘若把人弄成沒餘裕、教他不停做牛做馬，是否他就不無聊了？須知曾經有些時代人們整日價拚死拚活，那時大夥很少感到無聊的。

然而所有的時代都會過去，尤其是好的時代。你不能教如今深有餘裕的人再故作埋頭苦幹的忙碌模樣，以求只是離開無聊的狀態。

主要是餘裕的設定，必須要改。

人們認為有錢了或是吃飽了便是餘裕，那他當然會無聊。他應該追尋比金錢、吃飽更想令他樂於浸潤其間的從事，則或許會比較不感到無聊。

甚至最好他沒有餘裕這件觀念。或許他每日連錢都還沒去賺，便已然早就在泡茶館嗑瓜子掏耳朵捏腳丫子的過那種一天混過一天的打發式的生活，一如有些人無聊時在做的。

看來不久的將來會有一些行業，有的消除人們的無聊，有的則令人不產生餘裕。乃這兩件事，已然使無數的人痛苦了。

（二〇〇八年一月十八日　聯合報「聯合副刊」）

空虛者的夏令營

一個有點成熟、沉澱的城市，像台北，總會形成此一撮彼一撮的小小聚落，大部分的人便依附在他的聚落裏獲取其社交養分。

有一段頗長的歲月，自七十年代至九十年代末，人們大量的住公寓與安坐客廳看電視，造成極大規模的減少串門子、減少與街坊閒聊的社會新狀態。近數年這種情況開始改變，人們安坐家中的時間少了，往外找人群了，甚至大樹下、騎樓底、公園中四處參與別人的活動了。有些不運動的，如今與三、五人一同練站樁或八段錦了；有的不唱歌的，開始陪著鄰居一起吼吼卡拉ＯＫ了；有些不跳舞的，開始在黃昏的永康公園裏也站進隊伍裏一起跟著節拍提起腳扭動腰來。

這諸多的變化，像是又回到六十年代以前中國人在農村社會時的群居情態。尤其是這七、八年特別明顯。

這或許可以稱作一種叫「台灣的寂寞」之東西。也就是，近三十年台灣的勤奮、富裕、自謙而後變自負、對人生的揮霍與享樂等等，最終逐漸演變成某種心靈中的巨大空乏。最後，他仍然需要人，需要別的人所散發出來的溫熱。

其中最明顯的，是需要講話。

或是他講，或是他聽別人講。

說來好笑，講話，居然成為一種病。講話，居然也成為一種藥。

朋友中也開始有凡遇上人便開口講個不停的例子了。而且還不只一兩人。可見這是社會已然實存的狀況。他們為何如此迫切要把話大量講出來給人聽？莫非他日子過得太冷清了。但何種日子方是冷清日子？據說「富裕」，常是冷清的先決條件。但最大的可能，是這樣的人花太長的人生歲月進行自己最視為必要的事，久而久之，他進入自己的牢籠。自此之後，他凡遇人，便視之為探監親友，趕快大量的把肚子裏放了一輩子的話在這短短的探監時間裏一古腦兒講出來。

那種一輩子生兒育女的家庭主婦，到了六十出頭，自己女兒生的外孫還請她帶，這樣的服務人群的老太太，永遠不可能有這種「多話症」。乃她沒有「過度超量培養自我」的孕育過程。

幸好台北是一個「人的城市」，有極多的角落與極多的人眾猶能容納其他寂寞的人；讓他們可以經過，可以探看，甚至可以停下來聊上幾句，更甚至讓他們滔滔不絕的清除心底之大劑量收藏。

但不久他們又回家了。家，是他們心病的根源。君不見，這些滔滔不絕者有時像是不願回家，乃他們的療程好不容易才進行到熱鬧處，還未完成。

應該有許多夏令營，令想要接近人群的人可以參加，晚上便住在外地，甚至睡在野地的帳篷裏。白天的活動是節目之主體，最好是有不少體力之勞動，如挖地、整土、種菜，或是登山、涉溪、健行。中途休息時，不妨有唱歌跳舞、講笑話等娛樂，如此參加者便投入了人群，往往暫拋了自己；或是投入了勞力而暫拋了自己的心思習慣，不正是最好的度假兼遊戲之旅嗎？

（二〇〇七年十二月二十一日　聯合報「聯合副刊」）

對聯過目之樂

曾在一篇小文裏，說及我在中壢某戶人家抄過一副對聯：「**四季有花春富貴；一生無事小神仙**」，我很享受路上閱讀對聯的樂趣，尤其是自尋常人家的門上看來，視為極高的一種遊賞；且說一事，京都的門牆景舉世稱絕，但恁好的門上卻少了對聯，可惜。

台北亦稱不上對聯之城市。有一次，走經潮州街75號，見一幼稚園，其聯為「**哥哥爸爸真偉大；姐姐媽媽也不差**」，另有橫批：「**我要強過他**」，算是將童歌兒語也入了詩句。

五年前到廣州，在中山大學校園內一工地，掛著一副警語，亦用對聯形式：「**安全多下及時雨；教育少放馬後砲**」，倒是出語頗強烈。

最雋永的聯句，竟然與修身有關。同時也透露出與世界之遠距觀看，像「**浮生若夢誰非寄；到處能安即是家**」（西湖彭玉麟退省庵楹聯）。又像「**海到無邊天作岸；山登絕頂我為峯**」（福州鼓山林則徐題聯）。

坊間的聯書，往往將明清的老聯子，加上民國市井文人或抄或撰或稍作修改的各種聯句編成「大全」，教人採擷活用，像前面提到的「四季有花」聯，便著錄於這類聯書。我每每讀到好句子：

享百年壽非關藥
得一日閒要讀書

詩因待月吟方久
貧到無家樂有餘

賞雨最宜人散後
看山應悔我來遲

與時俱增
因拙得閒

輟耕存地力
掩卷養天真

貧安吾素
懶是予真

人因無事閒方覺
山不知名訪更難

勝地每從行處過
好山無數望中收

抗戰期間，人心洶湧，極多的門聯會呈現此種感懷，往往是最佳的賞聯與出聯的時機。如：

租半間房屋棲身，坐也由我，站也由我
買兩根蘿蔔度歲，菜亦是他，飯亦是他

又抗戰時的大後方，物價上漲，成都有聯：

民國三十年要辦到太平新世界
彭祖八百歲可買過這樣貴東西

富愛國心的理髮店有聯：

敵寇不除，有何面目
國仇未報，負此頭顱

至若富愛國心的草鞋店，則：

足之蹈之，羣赴前線
劍及履及，趕上戰場

有的文人工於製聯，如翁同龢，錄二副。

一官豈敵秀才好
萬事不如年少時

厭看細字新聞報
怕作連篇和韻詩

如林則徐，題林處士梅亭聯：

世無幽草真能隱
山有名花轉不孤

再如丁福保，錄二副，

檢書几案窄
昂首海天寬

入世未工疏結客
歸山無計且登樓

再如馬一浮，錄數則：

鑿井耕田，民之質矣
春生夏長，天何言哉

與天地萬物為一體
非思量分別所能知

被褐幽居，不慕榮利
縱心獨往，漸近自然

暫遠幽憂鄰戲謔
獨持枯槁近恬愉

集古人詩句，常成佳聯。最有名的如蘇東坡的「**到處溪山如舊識；此間風物屬詩人**」、黃山谷的「**桃李春風一杯酒；江湖夜雨十年燈**」。另外集王右軍禊帖字，如「**相喻以天無所事；有為於世不虛生**」。尚有集泰山金剛經字，如「**不解養生偏得壽；須知無欲即成仙**」、如「**深山無日無時去來今不記；老樹有華有實香色味皆清**」。

據說妓院亦有門聯，但看來不會太多。即有，亦必須寫得很隱晦。然而文人勢必假想如何為妓院題聯句，或可得意淫之樂亦未可知。我自聯書上也抄來幾則：

客來不速
人盡可夫

相見兩心歡在此日引為知己
臨行雙淚下留明朝再送別人

伏處閨門乃舊家庭文明古禮
獻身社會是新時代女子特權

這十年，我在台北常逛一家專售大陸書籍的書店，店名稱「明目」，老闆是一奇人，往往每隔一陣有感而發，在門上寫對聯，且錄幾則：

來明目 目明去
去自我 我自來

學無常師 不恥下問
居不定所 無心上流

由於這位老闆是學哲學的，又開的是販賣知識的小書店，故而語句類多如上。另還有「燈火出目光近；啟蒙至理想稀」、「吉凶禍福皆顏色；春夏秋冬俱良時」亦然。

但他最擅者，是砭論時弊：

鴇母猶思春色（前幾年國民黨分裂）

政客總談清白

綠藍紅黑也

貪爛霸慘哉

混水摸魚兩顆蛋（記2004年大選——「兩顆子彈」事件）

反清復明一片心

名牌俗女戴

貴位賤男居

狗野聞柱則尿
人俗遇名便追

弱肉強食全球化
陰虛火旺美利堅
（近年各處流行談全球化，有感）

上流難進許純美
文人易狎黎智英
（台灣的蘋果日報居然能出重金羅致兩大報高階人才，有感）

台北街頭，便因多了幾副對聯，有時還真是有趣。

（二〇〇六年）

電影本事

幾個忠義結盟的俠客志士處心積慮的暗暗進行復興大業或報仇之事。然事有未遂，致使他們必須分散逃亡。

從此，每人原先的職位、原先的風發意氣、原先的市井繁華生活等盡皆變成恥辱、地下、亡命外鄉、埋名隱姓、以及不與其他同志聯絡之現況。

多年後，某日，在一個鎮甸的飯館裏，有一個背影走進廳堂，走向裏間，走到一張坐有人的桌前站定，然後坐下。坐著的人，稍稍抬起頭來，觀眾這時望過去，才發現他有些面熟。

這一下，觀眾立刻興致高昂，他們像是突然見到了老朋友，迫不及待的想要知道這些年來他們到底流落何方、怎生度日？

往後的一小段故事進行，不外是張三碰上李四後，如何又去找出更為僻居的王五及極其潦倒的趙六，並同時交代這些年來每人怎麼活過來的。

觀眾看這段事體的興奮主要在於解前面未明之其已參與一半之歷史。

當然，這幾個志士重逢後，將要進行之事，還就是原先最早的那件事。也就是說，觀眾至此還需再參與該事一次。這是觀眾略微感到並非最有趣之事（不及前面迫切欲知老朋友多年下落來得有興趣），但仍想知曉到底這件「必做的大事」終於成何結果。

通常，這件事，其結果已不能再與第一次有所相同；因此，這些人成功或者不成功，我們觀眾怎麼樣也不會再看到一次他們在另一個鎮市飯館相聚的景況了。單單說到這句，便已讓人有一絲依依不捨的哀意了。

（一九九一年六月十五日　中國時報「人間副刊」）

時代與性向同往下坡走

我們現下所處的是一個什麼樣的時代？每隔三、五年，總有一些朋友會這樣問。不是用口問，是以他們的生活形態來發出這樣的疑問。

當然，所以會有這種想法，多少已顯示出這時代不甚美好。並且，在這時代籠罩下的生活面貌便呈現低落、無聊、乏趣、無敬畏、無崇拜、無愛等特質。通常敏感的這群朋友最能從自己的心境中來感察時代；倘若他們沒看到好的文學作品、沒遇上脫穎而出的新導演、沒聽到好的音樂、沒看到更有才氣的繪畫時，便隱隱覺得有點不對勁了；隨即再看向馬路上的人群、車群、注意公共場所中人們的模樣與談吐、又不時轉扭一下電視各台、翻展一下報紙，終而一襲低壓的空氣就此披靡過來了——時代變糟了！

當一個人有了這感受後，他很快從電話中或從碰面中得知他的朋友們也有類似的情況；大夥見面時無精打采，很奇妙地會每人不約而同對許多原本有興趣之事現在再也提不起勁來了。

這就像傳染病一樣。每個人都逃不出這處境，否則也不會牽涉到要去用上「時代」這麼浩大、嚴重的字眼。

這幫朋友，十年前二十年前皆是自許清高的文藝深諳之雅人，現在都不甚在意於藝術作品之欣賞矣。以前罵得最兇的半藝術品或商業作品現在反受到他們不時的青睞。以前愛嚴肅的，現在好輕鬆鬧趣的。以前對沉悶的作品不但不嫌厭，反而專心索求其中細膩的形而上意義；如今對沉悶的作品一點也不願注意，並且別人提及時，他們常回說：「那是深奧的藝術，我看不大懂」這類話。倘若以前很犬儒（cynical）於不看次級品，現在說這種話便是另一種更世故的犬儒，或說是犬儒到了極點。

他們以前喜歡純藝術，現在喜歡有花招穿插的類型作品（genre）。以前喜歡作品中哲學宗教氣氛環繞的出世感召，現在卻愛充滿市井人情與嘲諷笑話的現實情趣。以前愛看英瑪．柏格曼（Ingmar Bergman）的電影，有一部看一部，將他當特別專題來研究；現在卻覺得看約翰．休斯頓（John Huston）的電影也不錯。有時甚至弄不清楚是誰導演的，只要故事看來過癮、演員亦合胃口，便即去了。進電影院從前當成大事，絕不遲到；如今無所謂。以前一次看兩部片子仍興高意烈，現在不但怕進連映兩片的藝術片戲院，並且常看一部片也打瞌睡。還有，現在頗能無所謂於看電視（雖然並不愛），以前則逼自己決計不可染上電視毒。

至於文學，以前連海明威都幾乎看不大上眼，總要挑福樓拜、卡夫卡、亨利詹姆士、齊克果、曹雪芹、湯顯祖才覺得不負自己一番修為與超脫氣質；現在則對以前讚賞有加的湯瑪斯曼、艾略特（T. S. Eliot）極度的不能容忍，會說艾氏的《四重奏》

(Four Quartets)無聊又虛假，某日逛書店時會突然心血來潮買本《三國演義》回家，並隨之讀得興趣盎然。然現在雖不愛晦澀，卻也不至要弄到去看日劇，也未必因此喜歡武俠小說，主要在於他們想在無趣中尋找些微激盪，不意味著要一味低俗。低俗作品不一定能提供趣味。就像有時有人想看珍．奧斯婷（Jane Austen）或張岱的《陶庵夢憶》雖是為了自娛，卻這些作品本也格高。

一說到看書，這些朋友真是夠苦的；幾乎沒有書在現時令他們高興的。他們若不是過於無聊，又加以當年有隨手取下一本書來看的習慣，現在原是壓根兒無意於讀書的。

並非沒有好書，乃沒有好心境去受浸這些書。

再說到生活外觀。從前居家最恨塑膠製品，現在仍然不愛，但有些塑膠品容易在手邊備得的，也不介意將之派上用場。到朋友家，以前挑東挑西，對品味低俗的佈置心中很不以為然，現在則視而不見，連被饗以防腐劑充滿下的速食麵（以前最恨的食品），也張口便吃。以前穿衣服重格調、講配色，戴眼鏡選特別眼鏡框，總希望弄個內外兼修、表裏如一；現在裏面既早已不求文雅了，外邊索性隨便亂加衣服在那愈發出軌的臭皮囊上，也正應了表裏如一。

他們從前多麼期望專注於創作，現在則甘於做些通俗的上班工作。不上班，不知更要寂寞至何矣。其中若真有人還要創作，則在上班之餘偷偷進行，能做多少是多少，不特強求。表面上做一個普通上班人，這樣創作起來更能加上一層迷彩，使浪漫減至最低，這才是世故的一件講究絕招。

在這情形下，以前同儕中仍一逕還在寫詩的，便會不時受到他們的冷嘲熱諷，說什麼「他們真是了不起，還能詩一直寫下去。」事實上能一直詩寫下去不輟的，在某一意義言，是生活仍沒受到別的移擾，仍能安住於一種心靈上的安樂象牙塔。這對已改變的人言，或者一來根本這些詩人想得很窄、尚不得創作另外更多面、更紛擾的廣濶世界，一來也可能這些詩人始終可以將自己的生活形式與心理狀況守得篤定，不易被變化駁雜的外在世界所左右。

當然，外在的因素不足以顯明任何證據，作品的優或劣、高或低，端看作者個人的才情，他在象牙塔內或象牙塔外皆無關宏旨，雖然許多寫得窄偏的作家常是住在塔內之人。但真若要怪，只能怪人，不能怪塔。

這些詩人未必沒寫好詩。還有，即使寫得窄，或即使幽居塔內，未始不是生活有希望的一種現象。那些現在手足無措於枯燥沉悶的人從前便是如此；凡事滿盛希望、遇事專情、待人耐心、心中常存浪漫、每件小節皆要求到最高理想，有一點情之所至金石為開的況味，也因此那時總很快樂，也同時很憂慮事物之不臻美好。但憂慮一陣後快樂很快又來，那時真是「有感覺」的時代。現在則凡事沒有耐心，雖非對未來不抱希望，但很不能忍受故作希望狀之浪漫。

他們怕浪漫，就像少年時怕見到女孩子太美，有一種極接近受傷的玉碎感。他們看西部片、警匪電視、聽笑話、甚至說些帶粗字的口頭禪或黃色笑話皆是將這無聊乏趣的情境做片面的、小節上的些微治標醫療。

但他們並不太過在乎錢，他們不追逐錢，雖然不時也會憂慮匱乏。事實上，專心於金錢賺取的人，往往日子過得篤定，也不東跑西找，自尋煩惱。又若完全甘於隱逸、避免知覺社會、一心自管身邊兩、三件人生基要事體，也能安寧渡日。只有這些半調子對人生寄望頗高、又不放棄其小市民之社會注意的聰明知識分子，才會弄到前面說的兩不得其情、一無所是的田地。

他們以前愛去各類地方、四處做奇異新趣之發現，也能在那些地方得其娛樂；現在每次去每次沒有樂趣，愈去愈覺得沒有地方去，只好又轉身回家。回家前早知隨即會沒事做，順手買份周日紐約時報、一包香煙、兩包零嘴帶回家中，就像準備過冬一般。抽了煙、看了報、轉了一回電視頻道，又無聊了。如此在家中待上一陣，又要去外頭一下，哪怕是重溫一下無聊也好。便如此反反覆覆，終弄到對凡事不太帶勁、不特抱浪漫希望了。

外間與家中是理應有趣的嗎？這時代的外貌理應充滿歡樂嗎？這些朋友必然還沒將浪漫念頭完全壓抑乾淨，而這浪漫念頭是從少年時代不知怎麼在心底建立起來的。

他們做少年的那個時代是真比較好嗎？當然不是。是浪漫的想像一逕在作祟。不論是歷史上哪個時代，人皆憧憬未來與懷念過去並艱苦地熬渡現在。現在即使再好、再歡樂也是用「過」的，怎麼也比不上過去與未來是用「想」的來得美好難捨。而人生便因有過去未來供我們眷戀溫慰，方使得現在雖苦也一逕存著希望續往下行。「現在」是何許多的笑淚苦樂與過去未來全部交織一道的整個世界。「現在」何嘗不就是人生或歷史的代名詞？

也於是這些朋友的妻子們（她們扮演「現在」這角色）不時會讓丈夫們感到不如以前在大學時的清麗，也不如電影中書本上的女主角，甚至比不上街上看到的女人，這造成他們和太太沒有話講，更不會去深談文學藝術中的曲折意趣。他們互相用輕描淡寫方法對話，儘量避免討論，因為他們吵過太多次了。

愈是滿懷希望，也就愈容易衝突。而愛之愈深，自然責之愈切。離婚，也像傳染病一樣，普遍地發生在他們身上。有的甚至染患過不止一次。從前他們愈敬慕的女友，後來常愈成為嫌厭鄙棄的太太，終至演成離婚。而他們離婚後再交的同居女友，常被朋友間認為是比以前太太差上不知千百倍的俗婦。而這俗婦正好合了「少說話」、「不究深趣」的平凡相處之道，反而能廝守得較為長久些。

另外還有一種情形；便是他們誤愛了以前喜愛文藝的女友或妻子。那些女子或許稍知一些雅事，其餘空白得很，並不是他們原來看到的那麼美好、那麼有意思。但他們那時只懂文藝，並不懂女人，甚而並不懂人生，於是會將女友當天仙；然後經過一些歷練後，才發現互相不適宜。這也是常有的現象。而這歷練本是必要的，否則他們一輩子搞不清楚其人生追求究竟為何。

至於那些女子，她們離婚後麻煩隨之而來，完全不適應這個社會了，好像她剛剛才降臨到這世界，所有的東西對她而言皆是陌生的、新的。她必須重新開始。她們之中有的變得極謙遜，你說什麼她都樂意聽取；有的則變得很暴戾，沒有一件事她會滿意。而這兩種女人很快地在街上與咖啡館中被見到，愈來愈多，終至也成為這時代一件不可或缺的打扮。

大城市中，極容易看到這種景象，不論是紐約、舊金山、東京、曼谷、倫敦、羅馬，甚至台北，皆能呈現讓人隱憂的這種面貌。所謂大城市的複雜性格，便要包含這低愁情調。

全世界倘若都充滿這樣的現象，人們又該如何呢？

這實在是個人懺悔的宗教上問題；要不就慧劍斬卻俗念、潛心自己眼下的人生大事，要不就繼續四地奔波尋求，一會兒苦一會兒樂地自行設法找取平衡。極可能以前的時代與未來的時代皆比現在這時代好，但我們沒有選擇餘地，並且不宜這樣想，只宜想：只有這個時代了，一切只有現在而已。

（一九八六年　美國「中報」）

Bob Dylan來台演唱前的隨想

近半年，大夥皆在談一件大事，Bob Dylan（鮑勃．狄倫）要來台灣演唱了。

所謂大事，乃Dylan之來台，有可能是這五十年來赴台表演者中，最最最重量級的一位。正因如此，太多的本地知音，不免為Dylan的即將來台感到隱隱的一絲愁緒或什麼的。

這愁緒云云，乃他太浩瀚了、太豐厚了、太教人不知自哪個點說起了。他若真來了，會不會原本如夢或如神一般的期待霎時要真實的呈現在眼前俗界，豈不是教人緊張極了？再者，他年七十，老人矣，其現場演出能滿足歷年聽自他唱片所得絕美印象的歌迷嗎？更甚至，大夥實盼他一切無恙，及見了本人，覺得他老態委頓，心生不忍，亦可能歎之惜也。

六十年代初Joan Baez在台的翻版唱片（唱Donna Donna）早已極紅，而不久Peter, Paul and Mary亦唱紅Blowing in the Wind，但台灣那時尚不多人知曉Bob Dylan。然不多時，人們愈來愈知原來太多歌手所唱之名曲是出自Dylan之手，遂去找他的唱片。而他六、七十年代的所有唱片台灣皆買得到翻版，故曲高和寡云云，壓根不存在。中山北路的西書店，不但買得到他的翻版歌本（數月前，我還在舊書店買到Blood on the Tracks），連他沒幾個人看得下去的意識流文體的小說Tarantula亦有翻印。

一九六四年「動物」合唱團唱紅了House of the Rising Sun，此曲雖是「口耳相傳」（traditional）的老民歌，但「動物」所聽版本，是Dylan第一張唱片中該曲；然Dylan本人學得此曲，亦是不久前在紐約格林尼契村學自Dave Van Ronk。

大約是一九六六年，Dylan赴倫敦演唱，一個叫D. A. Pennebaker的拍片者全程跟著，拍了一部《Don't Look Back》的紀錄片，片中的Dylan，便教人見著了他的英俊、他的青春、他的那股天王巨星的感染力，也使這部所謂「真實電影」（Cinema vérité）的拍片法，為世所廣知。前一兩年，有人拍了一部以狄倫為故事中心人物的半虛擬式傳記片，叫I'm Not There，其中女演員凱特布蘭琪(Kate Blanchet)反串演那一時期的他，窄褲管、黑馬靴、煙不離手，據說在全片中，布蘭琪的表演，最受讚賞。然看過Don't Look Back原片的人，再看這種模仿，或許覺得頗是無聊。

近六、七年，狄倫在全世界出乎意料的狂紅，每隔幾個月，多不勝數的雜誌，以他為主題作專號或封面，如同像是要做紀念版一般的大肆蒐集他的資料。而唱片公司也不斷的將他歷年來藏在各處的偏僻錄音，一首一首的挖掘出來，出成各種名目的bootleg選輯。這種種加緊抓住他的諸多動作，不免讓人隱隱猜想，難道狄倫已經老到快要與聽眾越來越遠、越來越疏，再不抓住他，莫非他就要消失了嗎？

自六十年代中期，民歌新人有所謂的new Dylans（新的狄倫）出現之說法，如

Loudon Wainwright III、John Prine、Eric Anderson、Tom Rush，不列顛的Donovan更是不在話下，另外便是Bruce Springsteen，當然，沒有一個人能超越他。

Dylan早期的歌，既多民謠（folk）情韻，也富「抗議」之當年風尚。但真要到了一九六五年的Highway 61 Revisited與Bringing It All Back Home，以及一九六六年的Blonde on Blonde這三張唱片出爐，才教人見識了他不但是詩人、是民歌手，也是搖滾天王。但七十年代中期的Blood on the Tracks與Desire兩張之出爐，這時三十四歲的Dylan，我認為才是最高峰。但也隨即要經歷妻子Sara離他而去、往後有好幾年極為低落、甚至成為過度虔誠的教徒之抑鬱歲月。

若他來台，該唱些什麼歌？好問題！我若提議，會提I Shall Be Released、My Back Pages、One More Cup of Coffee、Oh Sister、Idiot Wind，或是一些別人寫的歌，像他曾唱Gordon Light Foot的Early Morning Rain唱得極好，或是像他在Don't Look Back電影中唱Hank Williams的Lost Highway與I'm so Lonesome I Could Cry，或是他唱五十年

代初流行，但很多年來被人遺忘，後來被收進《天生殺手》電影插曲中的You Belong to Me。

（二〇一〇年三月二十日 聯合報「名人堂」）

聆 Bob Dylan 台北演唱有感

當二月下旬，Bob Dylan（鮑勃．狄倫）將在四月三號來台演唱的消息出來，我們與不少朋友聊起，有太多謂，沒啥興趣去聽。應該說，這個現象頗是真實。

到開唱前十來天，我又問了一些人，仍未見踴躍之象。至開唱前五、六天，有悉內情的朋友謂票房相當不理想。我既無事，有一兩個下午到處打電話，儘量鼓動一些老聽友，請他們倘不忙，何妨參加吧。

及至當天晚上，在小巨蛋外，發現熟面孔真是不少，幾有「群賢畢至」之感，但不免竊想，莫非這皆是各方在急急一個禮拜中互相邀集、敦催朋友群、終而形成的結果。

總之，「聽Dylan演唱」，看來不是最最必然、最最迫切的一件事。但Dylan能來台灣，卻又是太過太過難得的一件事。

我曾經說過，若非Dylan已然有些年紀，或說Dylan已在他的黃昏年月，他不大可能會來到我們這個小島。在我聆聽他唱片最專注凝聚的七十年代，從來不敢夢想會有朝一日聽他的演唱會。

接下來，便是，他唱得如何？

他唱得——嗯，很特別。多半人必然有些不知所措，但又不至於貿然去說「哇，太爛了」。最後，只能說，他用「變調」的方法唱那些歌。

須知人們聽演唱會，常為了重溫原本喜歡的那些歌；而Dylan的變調，使得多半人未必預備好「共鳴」的情態。當昔日那些熟悉的旋律一直沒法找到，便極可能頓時心生飄渺。更別說Dylan的變調，有些幾乎教人辨識不出。

何以會變調？這應該是個相當精神面的問題。亦是「過度跨跳個人歷史」的一種呈現。就像有人年輕時打形意拳、八卦掌，後來多年不打，結果老了，偶也晨起操身，竟打出一種別人或自己也不認識的簡化拳。又如有些人後來凡打拳，皆像是打「醉拳」一般。

這種演唱的「變調」，或就像醉中打拳一般；未必不好，只是板眼全不計較了。

再譬以書法例，就像有人年輕時嚴謹的臨碑、臨帖，寫顏體、柳體皆毫髮不差，但至老時，寫著寫著，愈發寫成一種不自禁會冒出的體，甚至還未必是草體，這亦是書法的變調。

事實上，Dylan在七十年代中期開始，即已然變調的唱他昔年的諸多名曲。那時人們只覺他稍顯怪腔怪調而已，猶不會離旋律太遠，且完全辨識得出來。但後來的他愈唱愈隨心所欲，看來只能解釋成是他個人身心歷史的必然變化。

這次的亞洲巡迴，台北是第一場。各場皆唱十六至十八首歌，曲目相當接近，尤其倒數第二首，每一地皆是Like A Rolling Stone。尾聲曲，各地皆是Forever Young，惟有台北是Blowin' In the Wind。七十年代中期以前的歌，亞洲各城市（台北、北京、上海、胡志明市、香港）皆唱的，有Simple Twist of Fate與Ballad of A Thin Man。其餘則有的城市加Tangled up in Blue，有的加A Hard Rain's A-Gonna Fall，有的加It's All Over Now, Baby Blue，有的加All Along the Watch Tower等。

這個演唱會非常特別，它突然停止，便也就唱完了。而台下聽眾固有些依依不捨，然不久散場往外走，卻也能安於平平坦坦，不怎麼顯示一腔瘋狂沒法宣洩的那股躍躍欲鬧。

另外，更奇特的是，沒見有朋友打電話問我要否到某個酒館聊聊什麼的，莫非我們也老了。

（二〇一一年五月八日　聯合報「名人堂」）

苟活於拘緊社會，優游於恩愛山林

——側談《浮生六記》

《浮生六記》是兩百年前一個蘇州藝術家回憶他的一生及他那教人憐愛不捨的同是藝術家（更是了不起的生活家）妻子的一本幾乎是小說的書。

書中將清朝乾隆年間江南小文人的生活細節描繪得極其詳盡，顯出當時的稍有品味的中國人於人生一世該當如何觀閱詠歎、如何徜徉享樂，其實早即深有自信。

此書固採自傳體，但亦備小說之長。怎麼說呢？如果沈三白是一介頗負盛名的名士，而書中遮掩其名，亦不是不可能。同時書中諸多名士、書家、畫家，由其姓名觀之，無一人有文名、亦不妨視作小說之託名筆墨。

最有趣者，作者不知何故，總將這些朋友、親戚、傭人等角色，寫得如同隱在幕後，令彼等不發出太多意見，這是頗可教人尋味者也。

例如他的母親，作者敘得極少。譬似她根本不值一提。再則他的弟弟，亦少敘，或許再多敘，更要顯出這個弟弟之惡質。再就是他的父親，雖是這家庭的主幹，然他的一意孤行，造成了沈三白他一生的遊幕路數與他在重要人生抉擇上的必然悲痛命運。而沈三白敘其父，也就不自禁的無法太多。至若女兒青君與兒子逢森，沈三白不知何故，幾乎像是沒心情也沒空去談他們。

由此書的敘事看來，主人翁沈三白已活得甚是勞波顛沛，只不過在勞顛中夾寫生活遊藝之佳美。他夾在家庭中巨大父權壓力下，依稀有晚他一百多年的捷克作家卡夫卡之相似景況。

沈三白的交友，如顧金鑒、魯半舫、楊補凡、袁少迂、王星瀾、夏淡安、夏揖山、繆山音、繆知白、蔣韻香、陸橘香、周嘯霞、郭小愚、華杏帆、張閑酣、華大成等，在書中即使獲知三白諸多坎坷之遭遇，理當有頗多提醒建議，然書中竟不見；可知三白此書，或許不欲旁生枝節，徒增家中不快，或許天性深知隱忍，何費多言，自是不多披露。

三白的一幫朋友，這些姓名俱不見於史籍，乾隆之世，尋常老百姓皆極出色乎？只有一個芸娘，最是出色，然不知三白是否過度美化了她？

芸謂三白：「君之不得親心，流離顛沛，皆由妾故。」又道：「憶妾唱隨二十三年，蒙君錯愛，百凡體恤，不以頑劣見棄，知己如君，得婿如此，妾已此生無憾。若布衣暖，菜飯飽，一室雍雍，優遊泉石，如滄浪亭、蕭爽樓之處境，真成煙火神仙矣。」

或許芸娘之來沈家，真是苦難的開始乎？

這便是《浮生六記》中社會學的那一部分了。

莫非沈三白的藝文才情其實頗受制於沈父與沈弟？或許他們希望他出外謀求科名或從事商賈。但他不是，他只想同愛妻遊山玩水、聯吟佳句。也或許芸娘才藝過人，又兼瘋瘋癲癲、或許家中老小早已看不順眼矣，更或許早已非議暗起矣。

也可能《浮生六記》隱隱想將家庭這一小小社會之枷鎖羈人表露出之。

沈三白這一作家，有一種蘇州這古老市鎮觀人閱世之老練。像他書首歎吟：「正值太平盛世，且在衣冠之家……天之厚我，可謂至矣。」書一開卷，便道如此，令人隱隱知後文將坎坷不已也。至若「太平盛世」云云，書後多少不太平事。「衣冠之家」云云，書後多少無禮勢利之家庭遭際。

說及芸娘，年十三，「雖歎其才思雋秀，竊恐其福澤不深」，「其形削肩長項，瘦不露骨……唯兩齒微露，似非佳相。」由此看來，三白之觀察芸娘，似早看出她之薄命乎？抑或三白本人太過審慎，甚至太過怯懦，致有其父諸多霸道言行，其家中母親、弟弟諸多俗間計較而造成他自己兩夫妻苦不堪言種種人生境遇？而也正因他有這類怯懦與逃避，索性於中年提筆寫出浮生往事時何妨託言芸娘命薄、與不是好兆云云？

然則命薄也者，總呈現於才思高妙之無所不在，亦呈現於家庭成員之相嫉，故此三白之成書，必多記芸娘之諸多任情任性、自在放浪之天稟，更多記自然界萬物靜觀之無不成趣成章。其中過往歡樂之愈多記，則浮生之悲苦愈多現也。

沈氏乾隆間人，所敘滄浪亭，今人仍可遊。他謂：「吾蘇虎丘之勝，余取後山之千頃雲一處，次則劍池而已。」「城中最著名之獅子林，雖曰雲林手筆……然以大勢觀之，竟同亂堆煤渣。」謂揚州的蓮花橋：「橋門通八面，橋面設五亭，揚人呼為

『四盤一暖鍋』。此思窮力竭之為，不甚可取。」

言及杭州，「結構之妙，予以龍井為最，小有天園次之。……大約至不堪者，葛嶺之瑪瑙寺。」

可見沈氏之觀山水賞風景主見實頗勇於表露，只是不發之於家庭親友間耳。

書中前二卷〈閨房記樂〉、〈閒情記趣〉堪稱沈氏（與芸娘）之生活美學，其中精彩絕倫片斷太多，無須一一舉出；但看他細觀大小天地，再讀他品評蘇杭揚各方景點之自信，良有以也。

（二〇一五年二月五日　今周刊）

人間好食光，盡在一書中

——評呂素琳女士的食書

這是一本很難得的奇書。現今的社會已不容易寫出這樣的書了。乃它出自一位九十歲老太太的手。又恰好這位老太太的生長經驗與個人投入生活的實踐精神令這本書充滿了老年代中國真實勤懇家庭的家常平簡卻滋味豐美之飲食實況。

呂素琳女士這本書雖以食譜形式下筆，然每一道菜裏面的烹調竅門與作者提及的過往記憶，使那麼多的菜餚頓時勾勒了時代與風土不能抹滅的濃郁鄉愁。譬似她說，在北方，炸醬麵是夏天吃，涼吃。在冬天呢，多半吃打滷麵。她又說，做醉雞一般都用閹雞。

寧波人的菜飯，她說最好用在來米。並且，加水要比煮白飯略少。在烘烤中，「用筷子在飯上插幾個洞」（哇，已好多好多年不見人如此做矣，何其懷念的畫面啊！）

至於燒牛、羊肉，別忘了加幾個紅棗，可令肉軟爛。而砂鍋新的剛用，要先用濃的米漿水以中火熬煮，可封住小砂眼，養鍋也防漏。而剛煮完菜餚的砂鍋離火後，不可放在冰冷的平面上（水槽裏當然不可），免得炸裂。這雖是物理常識，但久待廚房的呂素琳仍不免細心的提醒，足見她的專業。

言及湖北的珍珠丸子，她還將糯米因用法之稍異，細數為三種：一、簑衣丸子。二、糯米丸子。三、珍珠丸子。看出她格物致知的工夫，一絲不苟。

這本書最美妙的，是很多教人嚮往的「鄉下風情」。醃莧菜的粗莖，吃的時候還必須用嘴壓擠莖內的嫩肉，而莖的帶筋粗皮則是要吐掉的。而福建肉鬆如此麻煩的食物，她也詳述其製法。

即使呂女士生在官紳之家，卻對鄉下農家工人操使勞力才得製出之物照樣看在眼裏、記在心上，甚至親手操作完成，這是老年間的中國城鄉融和、人人動手原本一逕存在的美俗。

她說到筍，謂毛筍可食，而毛筍殼亦有大用：一、撕成一條一條的，搓起來做草鞋。二、包粽子。三、作賣魚、賣肉的包裝用途。四、做成頭上戴的斗笠。

吃鄉氣很重的菜，絕對會愈來愈流行。書中有一菜，「豬油渣炒豆腐渣」，兩樣製別種東西的剩餘物質，取之再利用，卻幾乎是絕配的美味，太神來之筆也。而「漲蛋」的做法，碗扣在炒鍋上，又煎又蒸，簡直鄉土極了，卻又科學極了；老年代烹煮用具，雖粗簡卻多面活用，實在太足夠亦太富巧思也。最鄉氣的菜，是「一鍋熟」，鍋裏面放大白菜、粉絲、五花肉塊，把生的小饅頭貼上鍋壁，蓋鍋來煮，十多分鐘後，鍋底的菜熟了，鍋壁的饅頭也蒸好了。就這麼一個鍋，蒸的煮的同時完成，主食與配菜一起烹熟，這才是最質樸又最教人心服口服的吃飯方法也。

（二〇一三年）

No Country for Young Men

——之於《冏男孩》的隨想

這兩年，在台灣看電影，據說更有意思了。原因是，越來越多的台灣人過日子情氛被有意無意的拍出來了。先是《練習曲》，接著《九降風》、《海角七號》。

這幾天，看了一部《冏男孩》，敘述兩個小男孩在他們生活周遭的探險與夢想；而我們這些大人，若隨著影片去跟蹤他們探險夢想，想必可以很慚愧的跟自己說：No Country for Young Men！（真不是小孩待的地方！）

乃因大人都在忙著打理自己的世界，也就是我們每天生活所在的這個周遭。

這個周遭，這次表現在微有城鄉交集的一個河岸市鎮（如淡水之類），附近有頗鄉情豐潤的菜場。台灣電影，習慣替故事之發生地選取一處深具風韻的場景，不管是鄉愁的理由，抑是別的。

校園。片中的校園，與兩主人的家相較下，顯得太是光亮。這兩小孩，1號與2號竟然把整個學校當作是隨意探險的熟悉之極的堡壘，讓人感到這兩小孩像是好萊塢的產物一般，乃台灣孩子還未發展出過高的個人主義。

家庭。2號與阿媽住在一起。阿媽，是台灣最偉大的寶藏。多少的家庭，若沒有她便幾乎無法撐得下去。演員梅芳，恰恰也是台灣新電影的寶藏，有了她，你看到極多極多的微不足道卻又細膩之極的台灣。這部片子，有頗大的樂趣是可以觀賞到很多的梅芳。

街坊。我們觀眾中必然有不少住在公寓深閨，這當兒看到片中人物與鄰居如此靠近、如此熟稔，又菜場的巷廊如此四通八達，不禁要羨慕片中人實是活在甚好的一處街坊也。

再者，孩子隨時穿著拖鞋、短褲，所去地方多是走路，與我們身旁所見小孩常受父母開車載接，1號2號不啻更是幸運自在。

當看著2號窩在小桌子下做夢，而1號的家是木造樓板，較之那些活在公寓房子的我們（或是他們的女同學），豈不更富生活感？

近幾年的台灣電影，便是教人看到了恁多的真實台灣。台灣人真是幸運，香港片或是大陸片不知是否也將開始了嗎？

（二〇〇二年九月十三日　中國時報「人間副刊」）

到「橫山家」作客

看日本電影，自幼年至中年，一直是一種美妙的經驗。那像是到了幾十里地之外的另一個村莊看見與你不甚相同卻又不甚不同的生活習慣與樹草風情後你的心底蘊生的似同意又似不盡認可的對比感悟。往往這感悟的過程又攜帶了極多美麗的段段落落枝枝節節，教人耽愛其中甚是滿足，這是與觀看許多其他國家電影很不相同的情況。

近日又看了一部日本佳片，叫《橫山家之味》，片中的蟬聲，火車劃過遠處的天際線，老人在山坡馬路上跨越慢行，已讓人逐漸得知這將是一個真實的、甚至不怎麼美雅的、城郊山邊的、日本小社會之一段故事。接著主人公們自不同區段一一登場，總之是回到家裏。

這個家，其實是一個環境條件皆稱得上頗優之家，然而也有它幽幽微微的起伏故事。若自化外之民的眼中看去，會想：他們原來為這類的事而介意哦！但世界之大，又有多少化外之民？

媽媽為了爸爸曾和一個酒女同唱某曲而偷偷郵購了唱片，而在某一關鍵時刻硬要回家的兒子去播放，與她的大兒子因救某個小胖子而溺死，於是她要小胖子每年必來祭拜，再加上她對於媳婦之前夫才死三年便即嫁給二兒子等事之介意，凡此太多太多，顯現日本社會中的媽媽，是多麼的不容易，多麼的操煩，又多麼的全方面的主導，有時甚至必須像個和藹可親的暴君。但又是多麼的令人懷念。

此片之故事編寫，極是精密。人物的戲份分配，亦極勻稱交錯。阿部寬與夏川結衣飾演的兒子與媳婦，帶了一個拖油瓶；然後媽媽如何與他們應對。應對中媳婦看出這個做奶奶的並不特別對那不是親生的孫子太過親近。也就是說，太過客氣。

客氣，是日本文化相當重要的一節。

看日本電影，深感家庭是日本導演或小說創作者在構思故事時最重要的源泉。同時家庭亦是所有日本人最先也最複雜卻又精密的社會。乃日本人的人生核心，是家庭。

家庭培養出人的「擁有」觀。故日本家中的媽媽，最懂擁有。大兒子溺死了，便失去了「擁有」，遂成了極巨之傷痛。片中女兒的先生，較像是外人，著墨最少，甚至索性將他編寫成大剌剌的個性、愛吃垃圾食物的甘草人物。但女兒倒是很細膩，能陪媽媽聊天，也敢叫爸爸去買低脂牛奶。但即使如此，媽媽心中所繫最深者，當是兒子。若兒子有自出的孫子，便就更好了。這當然亦是日本傳統社會之某種擁有觀。

飾演爸爸的原田芳雄，在此片中必須表現得不多說話，此為極高難度之表演。猶記十多年前，原田在東京的自己家中過生日，特別請了樂隊，他現場唱他喜歡的歌，其中一首日本譯詞的搖滾經典曲A Whiter Shade of Pale（Procol Harum原唱），他唱得淋漓奔放，參加宴會的朋友當場拍了下來，我有幸幾天後觀看了這捲錄影帶，是我那麼多年來聽過此曲最好的版本。

本片前段廚房戲，玉米一顆顆用拇指巧勁推鬆、剝下，是日本鏡頭最精擅的一種生活觀察。台灣那些好言美食卻只知用冷凍玉米粒的烹調店家不知能自此片中獲得一些參考否？

導演是枝裕和，真該為他喝采，他用了如此精簡的人物與場景，表達出如此真實又溫暖的一片小小日本，讓我們在短短二小時中到一個可愛的家庭中去不用講一句話的作客，不是很有意思嗎？

（二〇〇九年四月八日　中國時報「人間副刊」）

門外漢也談徐累

人經過某片櫥窗或是某條廊道，一眼瞄到三兩幅畫，頓時注意上了，便欲停步驅近盯著看，這一時刻，常常便是賞畫的開端。有時，看上一陣，要走了，不免回頭掃射一下群畫，其中一兩張畫往往在這短短一剎那被記住了。

現在我們眼前這些畫倘放在國際的展館裏，觀眾乍見，先會認為是國際上某一畫家所繪；再細看過去，見《鏡花緣》正中的花鳥樹石，猜想可能是東方的畫家，譬如日本或中國。然再觀左面翹腳所著布鞋，哇，看來應當是中國了。隨即再參以《茫》這一幅，見高跟鞋後方的圈椅，更覺得中國是篤定了。

然又未必。

一個家中先祖收藏過幾十個鼻煙壺的荷蘭畫家不能以此素材入畫嗎？一個在東方待過多年（尤其像日本京都）的西洋人哪怕沒摸過一塊太湖石，便無由繪出此等物件嗎？當然不是。

這些畫，的確出自一個中國的畫家，這個畫家，叫徐累。然他已將最少的「中國印記」放入畫裏。且說一例，他不在畫上題上中國書法。須知書法是西方畫家最沒法冒充中國藝者的最致命證據。

他似乎不忙著告訴人家他的中國身份。他既不題詩題詞，以免人家見此等文字尤需找人解經解謎；也不特別傲售所謂中國之博大精深或神秘精巧。

他著意的，看來不是地域，不是民族，不是風土，不是資訊，不是歷史，甚至不是藝術史流派。譬似他腦海中流竄的思緒就夠他忙的了。而他所想，有的猶不甚明白，如在黎明之前，晦晦隱隱；又像在海底朦朧，藍影流波，只要一探頭出水，適才影像便似無存。

他很在意他的顏色。哪怕這些顏色必須令觀眾用力調整瞳孔，好似突然進入沖洗照片的暗房，要等著不久開燈方能如何。他的設色，已不是中國之設色，有相當多的地中海光暈。甚至是遠古的地中海，譬似導演費里尼（Federico Fellini，1920-1993）《愛情神話》（Satyricon）才有的那種藍色。並且他的「內景」（須知徐累是幾乎絕對的室內畫家，溪山村橋從不見於他的畫）也大抵裝設擺置成西方式樣，這可能透露一點：他對於西洋式（或曰現代）的人與自然的歸結出來的「境」，或覺比較貼合自己。甚至對於西方二十世紀初以後的「心理分析」、「夢」、「性」、「自虐」等等屬於人的心靈深處之微顯變態或不可自拔情狀，頗思一探。

畫家皆往往有慣用的道具，或說「偏嗜物」。倚偎著這偏嗜物，人可以延伸他的作態。便像有人某段時間迷上了手杖，那段歲月凡出門皆必提杖而行。有人迷上了帽子，總要戴帽出門。有人迷上了單車的勁裝，凡停下，與人坐店喝茶，綁腿與紮上的反光片皆不願卸下。已故大導演John Huston曾有一段時光迷上蓄養動物，出門常肩上負著一隻猴子。徐累亦有他的偏嗜物，像是隨時可帶著出門；只是這件東西，是馬。他將之放在畫裏。

徐累的馬，不奔馳在草原，亦不圈蓄於牧欄，更不是郎世寧筆下所謂塞外八駿什麼的、有隱隱炫示清廷國勢強盛之意。徐累的馬，皆在室內，且不知何時突的出現。有時在房間屏風後，有時在厚絨長簾半掩中，更多的，是在朦朦紗帳裏。

紗帳中的馬，如《虛妖》與《夜中畫》，教人十分驚異：「牠怎麼跑了進來？」然後再一端詳，牠如此的安靜，如此馴良，並不至要如何，或許一眨眼後就會離去。

會不會牠並不在帳中，只是你中夜突然張開眼睛，有一剎那你以為有一匹馬立於那廂？

至若《茫》那幅，極有意思。簾幕後空餘一隻高跟鞋，而白馬此時出現，那份詭異與空寂，透出某種暗示，即使不涉及性，亦近於事後悔恨之況味。又此種夢境意象之軌跡，不啻有清末《海上花列傳》與西班牙大導演Luis Bunuel結合之情景。

馬的臉孔，其安靜、純真的表情，加上眼神之無邪，再加上毛色之細柔，像是蒼白、又且敷上了粉的、卻又鬼氣森森的日本藝妓。這一當兒，你的懺情，惟有牠的不動聲色之遠觀，得以見證。

《守夜者》的那匹麋鹿，亦如此意。只是牠的觀照意義更貼近了，牠自簾幕後現身是朝著「我」看的。並且角上還調皮的（或適才因奔動而頂撞上的）套上一頂帽子。只是牠的神情仍然純真無邪，牠的見證仍然不動聲色。不過牠的藍色朦光，較之《茫》的常態光色，顯得更短暫易逝罷了。

中國的藝術家一逕在找尋每個人自己的景意、自己的式樣、自己的花色、自己的風情、以模構為自己的局面。八十年代末以來，有人想社會承平如此，即在自己美術院校裏也找了同學梳起髻辮、斜坐古椅、畫起仕女圖來。亦有想仕女心中早欲掙脫，便將畫中女雙乳露出，也算吐露了藝術與情欲之關聯。另外尚有將前幾十年社會習見的圖像如解放裝、紅衛兵、白毛女、黃土地等提作畫中可以活用的語彙，皆成為中國繪畫很受人隨處寓目的景觀。

傳統儒家式的五倫束範，與社會主義式的工農兵共同大砥礪，看來皆不是徐累作畫的施展場域。西歐的個人思想奔馳與深處精神釋放，甚至東洋的秘戲式人生吟樂，或許比較令他動容。這在於某種已然精工化、深構化之後才成形的藝作技法；譬似黃橋燒餅美味極矣，然今日宴客全是細菜又全有譜式，只好將之收起不出矣。

徐累很重「定題」，他絕不會讓他的畫沒有題意。不同於太多的老畫家，他們太無意於對這張畫、那張畫定題，只一張又一張的往下畫去，畫成什麼便是什麼。黃賓虹便是這樣的高手，他的筆墨太過出神入化，弄得每張畫皆如完美的畫稿，你可以張口咋舌細細審視，更可以揣摩臨寫，但往往記不住何張畫繪的是何者。黃翁便屬「不定題」的畫家。譬以電影之例，日本的小津安二郎，不世出的大師，然其作品，片名往往是《早春》、《晚春》、《麥秋》、《秋日和》等只如是時光變移之字眼，且電影的故事亦教人記不住哪部片名說的是哪件故事，有點像是這一部與那一部穿插跳接在一道亦言之成理。小津與黃賓虹，是高手中的高手，他們崇尚「無題」，凡夫俗匠幾人能夠？

這種例子，也可喻於太極老拳家每日無數次的打「野馬分鬃」、「玉女穿梭」、「高探馬」、「倒攆猴」招式，好看極矣，熟練極矣；然難得登上有千百人觀眾的舞臺，焉能如此？既登舞臺，則要有教人歎為觀止的編舞（Choreography），令觀賞者獲得一特有的心神體悟，以投注全方位的笑與淚，否則心靈深處不得滌蕩！

這便是現代藝術的隱隱要求。亦常是風格云云之所寄寓。更是創作者平日的蘊思與多年的動手操習而終在那一輩子三、五十張作品裏鎔鑄成形。

哪怕那個創作者所寫的三、四十部小說、所拍的一百多部電影、所設計建築的兩三百幢房子、所寫的上千首歌曲，或是畫家所畫過的六、七千幅繪畫……，他那教人不斷鑽探、沉醉的題意，也只不過漾凝在那三、五十幅作品裏罷了。

徐累倘早生六十年，會畫成徐悲鴻、林風眠那樣嗎？不知道。若他早生二十年，會畫成今日面貌嗎？應也未必。他所在的時代，堪稱幸運，已然此一股彼一股的泉湧出極多的自由，但看有心創作之人如何採擷而已。有的藝者其意象猶在鼓吹鋼鐵意志，而徐累的意象則比較詠歎腐醉迷茫。有時，此種傾向不見得來自藝者習藝過程的閱讀與研討等等，說誰誰得江南園林個中三昧、說誰誰搜得奇峰打草稿云云，更有可能與你的前幾代之遺傳與生活有關。

又近三十年的自由，更在於畫家能自由的為自己在小小一張尺幅裏埋伏相當不少的敘事抒情，甚至在原本所謂的空間藝術上加進了時間藝術的感受。故而有些內行的賞畫人常常會說「看某張畫必須像看小說一樣的看」、「看這張畫就像是聽音樂，在何處起，又到了何處才止」之類。

凝視，是觀畫人極其要緊的享受。一盤水果題材的《靜物》，一百張之中，且看是否會有一兩張令你凝視？

徐累有一幅《鏡花緣》，畫中央蘭草芳香，雲石光潔，瓊花燦爛，好鳥嚶鳴，直是王母娘娘所居洞天福地，可謂人生美善無量福緣；可左廂翹腳之紈綺，與右廂床巾之狼藉，晦暗中又透示一晌貪歡後之空幽落寞，幾有晚明文人所言家財敗盡、妓院托缽等追求毀滅之最高境界也。觀看這畫，不禁教我聯想起布紐爾（Luis Bunuel, 1900-1983）的電影《白日美女》（Belle de Jour, 1967）中巴黎的高級青樓，其進門後的客廳，很適合懸掛這幅畫。尋芳客（像Michel Piccoli）在等候領入甬道盡頭的內室之前，人靜坐廳中，倒是可能不經意的端詳到這張畫。甚至待會兒從房間出來要離去了，提著帽子拎了大衣猶不捨的回頭再瞧一眼與他心境毋寧互有映照的這麼一張神秘的畫。

（二〇一三年八月）

忘

從小就知道的一句成語，「廢寢忘食」，然而我們有多久沒這麼做了？

連吃飯都會忘掉，那是什麼有趣的事情？必然是有意思到你專注至極連自己都忘掉了。

如果我們不會「忘」事情，代表這階段的我們活得不夠好。

一個總經理在京都玩，玩到超過了時間，連開會都忘掉了，甚至連飛機改期都忘了，試想，他這京都之玩，該是多麼的專注入迷，這種情境，令人多麼羨慕，令人多麼讚佩。

若他只是記得回程，記得返台準時開會，那他有啥特殊、有啥過人之處？

我們今日的問題，便是不會忘。

會忘，表示眼下他正專注於某事，以至於現在的事把它掩蓋掉了。會一直沒想起來，表示當時他的專注狀態，竟持續了頗一陣子，令那件被忘了的事再也浮不出憶海的水面了。

某次在舊書店，見一人自書中翻出好幾張夾在書頁的一千元鈔，然後也告知了老闆，大夥聊了一下，皆曰：「這人虧大了，竟把錢藏在書裏，卻忘了。」出了店，我再想，他既忘了自己還有這筆錢，又何損失之有？

我們若能忘了曾經借錢給某人，不管是三千塊或是二十萬，豈不正如同不曾把錢借出去過？

好些年前在美國，有一次，我想看某部電影。這部電影極是重要，我已注意了很久，且已準備就緒，於是馬上便要去看了。突的一下，不知是為了什麼事，或是離城，或是奔赴哪兒，結果就忘了這回事。許多年過去也沒想起。直到很久很久以後，我看了一部電影，看的時候我突然浮起某個熟悉的曾經念頭：這部片子是不是和我有過一個什麼樣的淵源？

當然，這部電影便是當年計畫深久要去看的那部。但是，它還是被忘了。而且忘得一點也不痛苦。

小時候你一定為了太多父母親沒遂你意的事而哭而鬧，然後在哭完五分鐘後睡著，睡醒後卻一點也沒不高興，全忘了。這種忘，多麼美好，多麼大量。

會不會古人專注某事，忘了吃飯，甚至連著忘了好幾頓，結果發現腸腹更舒服；

假設他原本有腸腹不適宿疾，這一忘了進食，反而激發他發明「斷食」之意念，或亦未可知。

若是能忘掉自己有多窮，則不會天天埋怨，天天妄想發財。

若是能忘掉自己多有錢，則不會沒事趾高氣揚，期盼全世界都很尊敬自己。

見到有些小孩，觀看他的言行，見出他已知道許多優劣，他已懂得勢利，已懂貧富。為什麼他有那麼多的知？哦，對了，是他的家人已告知、已傳遞、已明示他這類見解。

我開始想，我的幼時完全不知這些事，或許是我家人沒這麼教育我，更或許是我的家人他們自己亦不知這些事。此其非他們便活在無知的狀態？

欲做真人，便要少知。

便像有些人，他知道得太多，於是他什麼也不知道。

（二〇〇八年八月二十九日　聯合報「聯合副刊」）

香港有個梁文道

香港有個梁文道，他寫文章、論時情、觀看世界皆有獨造。我禁不住好奇他是怎麼做到的，同時也佩服有人能做得那麼出色、那麼妙。

終於，我被出版社委託談一談他。然我實知他不多，雖我識他亦有十來年。只不過其間沒機會見上幾面，但每回見面卻又聊得極愉快極豐富。只知道有好些年，他每天讀好幾本書，且每一兩天，他還得寫一篇精到的書評，十年不間斷。

但我真不夠資格談他。先別說我的學問不夠；再者我看不到他的電視節目（台灣看不到鳳凰台，說來不怕人笑，舍下亦無電視）；三者不諳電腦，讀不了他在網路上與日俱增的文章；甚至他在書上報上的文章我竟也忘了去追來細讀。光陰似箭，轉眼間他已從二十六歲的昔日少年馬上步入四十歲的壯年矣，也已文章寫出了、電視上論出了恁多各題各類各趣各風的作品，開啟了恁大的一片思想與知識之文化論窺事業，這一下子，我忽然好想多曉得他一點了。我，也開始強烈的好奇了，好奇怎麼會形成這樣的一個獨樹一幟、自闢蹊徑的年輕學問家的？

於是我便在紙上寫下：香港有個梁文道……

當然，我雖好奇，卻並不深悉他的成長與治學等諸多實情，只好就我在與他七八次的香港、台北、與北京的酒飯席間晤見上來揣想一個可能的梁文道。

譬似他永遠在看書看書看書，看了這本，還要看那本，看了文學的哲學的，還要看歷史的政治的，世間每一種事象皆不願放過，皆極有興趣。更還不只是興趣，是不累。這是怎麼一回事呢？莫非是一股童心？一股追問？莫非是一種對父親、祖父，甚至舅舅、表哥等的殷殷追隨與跟從，企求自他們大人那兒得到即令是出海冒險的快樂卻同時仍獲有依仗的保護與溫暖，以及愛。

他這種不歇的好奇心，或說糾纏不休的窺探，幾乎已像是在萬里尋親的途中不放過任何遭逢親人的窄縫機會。

幾乎可以說，他有一種傻，這種傻，這種專情，教他做恁多的事而不感到累。一如兒童的嬉戲瘋鬧。又他的傻，是一種渾然天真，你今天和他碰面，聽他說話或看他聽人說話的反應，覺得天真純樸，並不如何如何聰明，但明天你看到報紙上他的文章，奇怪，怎麼比昨天多聰明了點呢？再過幾天你看到電視上的他，他媽的，怎麼又更聰明了呢？梁文道便是這麼一個不即時露出他犀利才智、卻始終與日推移左右逢源目送飛鴻手揮琵琶的獲取他更深化學養與淬鍊慧根的「學問栽植家」。並且他隨手拈來。這亦是他生活與工作的高明處與獨特處。

怎麼說呢？

他看似只工作（寫稿、讀書、上電視做節目），不生活；然看自他的文章與節目，充滿了生活的各樁情節：伊斯坦堡的海峽、京都的百年旅館、亨利・詹姆斯的情感、少年台灣小太保的荒好歲月、生牡蠣的腥香鮮甜。

其實他抓緊片段的空閒，瘋烈的生活。譬似這兩年我遇見的他，常在飯桌上，他抓緊與同桌六、七人多聊、多聽彼此近況，也同時迸發撞碰出新的任何話題，常常有趣極了，也熱鬧極了。這便是他的獨妙生活，也是他特殊修士般工作下的極佳娛樂。然後九點半十點飯席散了，他馬上又要回到幽禁如武俠小說面壁石洞的旅館房間去進行三到五個小時（有時甚至到天亮）的無人窺知的默默寫作自懲。（「鏘鏘三人行」掌櫃竇文濤說得好：「文道寫稿量與讀書量的大，與睡覺量的少，幾乎是自虐。」）

正因為他太常在室內檯燈下伏案，致他說及的外間，皆是極如嬰兒初見的光亮明潔、花也香海也藍的興奮。這種封閉式的工作型態，造就了他的天真，也達成了他的與世俗之隔絕。但他不能在光風霽月下待停太久。說來好笑，我差不多已在遐想，若梁文道在百忙中到台北休假三天，啥事也不用做，那我可以怎麼替他規劃一個行程呢？我甚至想，我自己亦可不留在台北相陪，歡迎他住我家客房，每天自顧自出門遊玩，我寫好幾張A4紙的可遊可逛行蹤，何處不妨小坐，主人可略談，何處院子花好，何處咖啡好，何處人景佳，何巷黃昏時分光好，他自去玩，他自去吃，他自徜徉與歇腳。

甚至台東，亦可如此規劃與他。便為了或許令他享三天實則平常之極的清福。

梁文道說話，沒有廣東腔。這與他童年待過台灣有些關係。但更與他喜歡接近所有的風土、所有的異地有關。而他雖每日寫稿一如太多香港寫家在報上所作，但奇怪，他的議論與絕大多數的「港見」極不相同。這三十年太多的香港專欄文家，即使見多識廣，留英留美，談英談美，高論不乏，但總還是流溢著濃郁的港見，更不時透露出某些港嘆。這頗正常，亦很應當。然而梁文道小小年紀，何以比較少這些東西呢？梁文道議港談港，必也不少，只不過他所在意的「居港思港」之念，或許疏淡得多。搞不好他看任何的中國人角落，不管是新加坡台灣香港，鬧熱哄哄珠江三角洲、吳儂甜軟的江南，嗆嗆唬唬的北京、擺龍門陣的四川，皆以某種類似遙遠卻又好奇的眼光。梁文道身處其中，似不很投入，就像他自己並不嵌在裏頭，這種「自火車上探頭看一眼」式的觀察，卻寫出、談出極其精闢的論見，是他的絕活。何也？哦，是了，是舉世皆過度世俗了。而他即使每一天皆投入世俗，卻怎麼也沒與他們一般的世俗。中國大陸的一忽兒大鍋飯又一忽兒全民奔經濟，香港的商樓滿佈、逼人透不過氣的金融競逐，台灣的人人顧盼自雄、皆欲自做老闆、政治見解滿口、儼然有朝一日亦想登高從政……他皆很能樂知樂見樂聽樂參與其中實況，並享受眾人的喧囂與野悍暢肆，但他究竟是梁文道，一個埋頭伏案的書呆子，一個只知理出思路的哲學探索者，一個若即若離的旁人；這些事皆不受他染指，這些地方即使他皆深愛卻都不是他的故鄉，他像是住在寺院裏。

他像是太愛這個社會，故而要去離開。他像是太愛這些人群，故才不與他們靠得太近。就像電影或小說中的傑出兒子，太愛他的媽媽、姊姊、弟弟，便只能躲在樹後看著他們、保護他們，卻不與他們見面；乃相見只益增得悉他們脆弱後生出的不忍。

於是他消除不忍不捨的心底之痛，只好一逕的寫、一逕的說，教人們一點一滴的從不同的角度逐步知解生命。譬似少寫了一篇文章便少誦了一堂經般的令眾生的苦痛沒得到立解。

他的業作，我東思西想除了說「僧道一流」，已無其他身份可以解釋。有人謂他是意見領袖，實他無意做任何的領袖，只是想找出意見、講出意見。在這一處講完了意見，便再去另處繼續尋找。意見是他優遊人生的最佳故鄉，但也頂多如此，他只誦經，不做方丈。

（二〇〇九年）

忽然，小品文到了二十一世紀

一個時代有一個時代殷殷等待新式優良文體的自然現象。此種現象，每隔幾十年，往往會重演一次。

今年，據說是五四運動九十周年，時光真飛逝也；此間有心人深感有必要談談文學之事，囑我說一說「小品文」，且試為之。

小品者，以字面解，「篇雖小卻自成品」；然三十年代林語堂所釋，指的是英文的familiar essay，即「親熟的」散文。既親熟，便須不拘、不道貌岸然、不虛飾、不官樣文章、不陳腔濫調。這同樣與十七世紀晚明諸子所揭之義正好呼應。

一想到晚明小品，大夥湧上心頭的名篇名章真是多不勝數，便似晚明個個都是逃禪隱山、遊湖築園、賞花聽雨、貯雪烹茶之人一般。且看衛泳所輯的「談美人」，謂美人年少，如雨前茶，此時「體有真香，面有真色」；至於半老，「約略梳妝，偏多雅韻……如久窨酒，如霜後橘，如老將提兵，調度自別」。這種文字，不知出自何人？可見即使不是名家，晚明亦多的是深諳生活情趣的有心人也。

文章便是要出於自家腔子裏，不如此，便不可能受人感動。

猶記民國四十九年（西元1960年），中學聯考，國文作文題為「台北街頭」，有一考生開頭便寫「人有人頭，街有街頭；人頭是用肉做的，街頭是用石頭做的」；閱卷老師或許嘉其思路奇新，給了極高的二十五分，與榜首同成績。何以在此提這例子？乃要說六十年代的台灣已躍躍然追求活潑奔放，故而文體亦微有脫韁之勢。事實上，每隔幾十年皆會無端端迸出一些跳宕的文學，六十年代的中學校刊如《建中青年》，往往有「國書三封」這類仿古體趣嬉小文，而歷來仿《陋室銘》的文章更不知有多少。這顯示，有何種心情，遂發作出何種文章。

故而小品文講究的不僅僅是筆法，而更是下筆前胸腔中的東西。胸中只一意想笑鬧，則自然會找到笑鬧的筆墨。

六十年代還有一篇不知何人寫的〈京油子〉，以北京口語描述一種極懂過日子又極懂平凡中的細緻享受的北京小民，其中有一段：「京油子聽戲從來不買票……一到門口，那些茶坊伙計同賣黑票的，全向他打恭，口叫：『三爺，您今兒有工夫過來？』他一邊搖搖摺扇，一邊呵呵腰，笑問：『今兒賣的怎麼樣？挺好吧？』然後大搖大擺，進到池座的後排，隨便一坐，茶房過來問了安……如果忘了自己帶茶葉，茶房會說：『三爺，今兒我給您一壺好的。』……聽著樂了，向台上叫一兩聲好，有時卻閉著眼睛直搖頭；如果有哪句唱走了板走了眼，他會自言自語說：『今天怎麼啦？』」這樣的文字，便是五、六十年代的自然成形的小品文；有一點憶舊，有一點風土描摩，有一點幽默閒適，搞不好還有一點自憐傷懷。

六十年代距今又已四、五十年矣。每一時代的小品文，往往攜帶著那個時代自然吹拂上身的一絲絲風色；我們今天究竟是處於何樣的時代？是長篇小說茁壯如十九世紀的時代嗎？是手機簡訊想當然發達的二十一世紀嗎？抑是原本就必然在小品文的鍛造上說什麼也不能亦不須丟失或衰落的美好閱讀之時代？

今日需要哪種小品文？看來未必能以文體風格言之。文體任你再變，但最終記得的，往往是寫出這篇文章的那個人；而那人往往是恰在那時代嗅到某種氣息然後在最有感慨的時刻由自己的心靈深處將之呼了出來。

（二〇〇九年五月五日　中國時報「人間副刊」）

養生瑣談

人之大患，在於有身。生老病死，人之常憂也。

每覺體軀漸衰，或偶聞朋友臥病，不禁念及養生之事，甚而痛定思痛，有一口氣決絕欲嗜、上山修道之想。然終未之行也。

據說人之重病百分之五十或七十來自所吃入體內之物。俗語「病從口入」是也。故養生第一要務是身體空淨。

斷食雖是非常之法，養生堅決者亦以之為平常法。腹內空無時，空氣與潤溼之外在俱能供給身體淺淡之養份，令體內各種機制完成吸收與排除廢濁的功能。傳統日本老太太在坎坷時段（戰時或鄉下饑荒時）有的幾天沒有食物可攝，而體重未必消減，乃空的腸中有一些細微的菌可以合成少量的蛋白質，以供給身體。

空過之後，為了自警再次進食時應吃規矩之物，如避開醃漬物，吃生長激素為飼料的雞、豬、魚、蝦，油炸的烹調品等。這種自覺，固極重要，許多人也深知，然囿於社會習慣、工作便捷，往往不多時便無法貫徹。此才是最大問題之所在，亦是養生最需處置之課題。可曾見過忙碌工作者每日攜帶五穀雜糧、全麥麵包、新鮮生果、新汲山泉作為裹腹而持之以恆乎？確有，不多也。

然養重病至最堅決時，其實何異修仙？太多癌症病人終弄到不食人間煙火。其所吃全是生機食物，且冷吃、生吃。如苜蓿芽、小麥草汁、帶糠的穀類等。亦且不特烹調，絕不加味的吃。油絕對不吃；所攝取的植物性的油，全自植物（如堅果、瓜子）中自然咀嚼吸收而得，而非取自己榨壓成液的油。

然堆如小山的苜蓿芽，一山又一山的吃，如馬之食草，固求其最鮮淨純稀的營養（蛋白質、維生素、高質地之水份），以鮮化活化體內機制，令臟腑淤滯血氣推陳出新，生死人而肉白骨，然衰弱病患身心低落如何可以？這便要強以信心，激其意志，故許多新式的療病養生營（美國特別多，Ann Wigmore等營甚是有名）懂得結成病患隊伍，相聚說理談道，是為課程。除療病康體外，還言心、言靈。乃身體之好壞，往往繫於心、繫於靈；心之平和，靈之高潔，則傷害身體之憂思、惡意、貪念、憤恨才不致偷偷悄悄的竄進人體內部。

通常人會病入膏肓，常在於人對於自身與所謂病的知識之不足。而醫院之社會化、病人遇病便將自身全數委與醫生或藥物等等近代化之根深柢固習俗，常亦使人自己喪失了復原及逐漸康強之能力及思維。君不見多少已染重病之人竟全然不知自己得了什麼，只是一日跟著一日過，藥也吃吃，門診也去去，卻不想深究康復之事。芸芸眾生一詞，最可在醫院大廳見之。

亦有人自嘲「老病號」，以赴醫為日常事也。不知是否法國古賢說的一句話：「生病是窮人的旅行。」

近年體氣漸弱，最有感於氧氣之緊要。

凡進入家辦公室，常感其所謂「中央空調」之令我精神悒悒、胸鼻窒悶。而昔年全不以為意，一頭埋進去可達五、六小時的舊書店，如今也很快便感待不住。何也，自身氣不足也。

氧氣療法，是以優質氧氣催動血液活機之交換，最可將廢物或毒濁往浮面推驅。最淺者，如汗，流散於背脊，一陣陣浮出。故北歐式熱泉浴，洗一陣，繼用楊枝帶葉一把，拍打體背，令濁氣廢汗更往外散。

平日在都市中難得吸過一口佳氣的人，乍然到了純淨氧氣所在，如黃山、如南投水里，幾十大口的氣吸進，肚子咕嚕咕嚕的響了起來，有時還打起一兩個深嗝，異常暢快，更有甚者，肚腸撼動，放起屁來，而此時的屁往往臭極。好的山泉，以其含鮮氧亦高，除了飲來甘甜，亦能有此鳴動腹鼓、震喚腸絃之功。

為使優質氧氣源源不斷進入體內，以推出濁物（自毛細孔之汗、自尿液、自糞便、自口鼻呼出的濁氣、甚至自鼻涕鼻屎及口痰），則不能只是靠口鼻之吸氣，也需輔以運動，以增加其化氣所需之熱能。方法很多，練家子打坐時頭頂冒出熱氣並非仙譚，然尋常人不解打坐者亦可行軀體之運動，如在高山遠足或原始林中體操皆是。

游泳者常能獲取最快速最多的氧氣，乃水面上那一層氧氣最鮮新、最厚足，故游泳者在換氣時吸入的新氣最多。且看泳後之飢餓較打球後之飢餓更強更烈可知。氧氣充盈口腔、食道、胃，此時吃飯常能盡五、六碗而不覺撐。

曾有一個朋友因火災而全身燒傷頗嚴重，結果住到好空氣的山中，半年後恢復到幾看不出來。日本奈良若草山邊住宿一晚，次日的皮膚便覺異常光滑。

空氣與水，原是最尋常物，卻又最養人，然究竟有幾人堪可消受？

（二〇〇〇年五月四日　中國時報「人間副刊」）

太極拳的練法

近日隨處遇著不少人，皆提到想學太極拳。然而上哪兒學、學哪一家的、學多長時間等，居然都成了問題。首先，要先確定是想習武習成練家子的那種，抑是想初探幾招簡簡之式而將之當養生練氣的功法？

當這兩個問題被自問了以後，據說不少人傾向於後者的「淺練法」。當然，淺練法練上一段時日，當習者益發有體悟時，往往其中奧妙亦是頗具意境的。至若要練前者的精深版，亦須自淺處開始。所謂深，是太多習者覺得打著打著越來越感到難、感到挫折，這便是太急著求深的缺點。

初學時，究竟該先練暖身、站立、移腳、移手等前置作業，抑是直接就「盤架子」？

這絕對是個好問題。以我的淺見，不妨直接一招一招往下打，這就是盤架子；練過幾式後，再來調整身形。身形的要求如：涵胸、拔背、懸頂、落胯等。至於最前面的幾式，往往就夠初練者練上半年十個月，而有可能仍然興味盎然。當然這完全在於這幾招的上下相隨並且身形暢達，甚至氣遍周身。若練上幾星期，覺得沒興趣了，這時就可以檢討是教法或學法有點問題了。

由於大夥很在意簡易版的太極拳，在台灣極多的人是練鄭曼青的「三十七式」。這三十七式打完只要七、八分鐘，對太多人言，是最沒有壓力的。

有的人在學拳之前，先觀看各家的打法，所謂貨比三家也，然後才選那最看來順眼的來學。這不失是一種方法。但太多人看了陳式，又看了楊式，又看了鄭子，甚至有的還看了吳式，這麼看過之後，究竟能決定嗎？不容易也。

尤其是那些必須打很久才打完一趟的拳，大病之後的想習之人根本沒耐心也沒體力細細看完。而初習者也未必看得懂每一家的難易程度。

因此太多想習者最後常是聽從朋友的建議而開始他的第一步。

或是在自己家附近的公園開始他的第一階段。

你且去看，不少練了一、二十年太極拳的人，他如今的拳社已是他第二或第三個落腳處矣。

我聽過一個故事，有某位女士在病床上剛開完刀，心中不想衰弱又病懨懨的這麼下去，遂硬撐著下了床，再扶著牆，花了五分鐘才走到大門，再花了二十分鐘走到馬路對面的公園，看人家打太極拳。

接連看了幾天，遂開始跟著練。幾個月後，便練得稍有模樣。幾年後，練得相當好了。如今已然二、三十年過去，她早已是楊式太極拳公認的一個傳人了。

這個故事，說出最重要的題旨：大病者或萬念俱灰者倘要習拳，最前面的幾招教法必須讓人很易入門。甚至令人對練拳後的人生很有信心。

且說「起式」，不少人打了三、五年，猶謙說自己連起式都打不好。倒不是起式怎麼打才好而怎麼打就不好這個問題，而是起式很關係到你的「氣」與當時自然而然達到的「鬆靜」有多融合的恰恰好之狀態。

起式之後，有掤握擠按。人在初學時，很著重每一姿勢的正確，卻又不知到底做得是否到位，這一來要靠自己體悟，二來有的人說，最好有明師指點。

倘說自己的體悟，往往在於個人的運動神經或藝術細胞。且看太多運動天分高的人，像有的老外，或像有的黑人，他們打起太極拳來有他們的想像力，甚至有他們自己作為舞蹈家的衍發，往往也逸趣橫生。

但這是武學家想精深自己藝業的高階練法，是相當有意思的境地。如今先說健身養生的部分：要把太極拳的不用力、放鬆等的特質，置入你要健身鍛鍊的過程中。就像有的人要把幾千公尺的途程與大量的喘氣、極多的流汗置入他四十分鐘的跑步中是相同的道理，只是練法不同。

你要選太極拳而不選跑步，不選瑜珈、不選重力訓練、不選跳舞，必然有主體上的原因。只要循著這個原因來練，自然能得到它的效果。太極拳的主體，是練氣，亦是養神。不做過多的蹦跳、不做強大的呼吸（一如跑步）。太極拳不做太強烈牽拉的伸展（一如瑜珈）；雖然它亦有相當有效的脊椎與筋膜的延展，但那是由逐步蓄養的內氣來漸次瀰散推發的，這與瑜珈略有不同。太極拳的舞蹈部分，與芭蕾、佛朗明哥、夏威夷舞等舞蹈在不少要領上極為相通（兩手的轉成圓弧，如野馬分鬃，與佛朗明哥、夏威夷舞、甚至唐朝的胡旋舞頗相似），在美感上亦能予人極高之愉悅甚至忘我；然在氣的蘊養與心意的流溢上，仍然極為不同。

這個世界上每天皆有無數人在找尋自己健康的鑰匙，太極拳只是其中一種，有可能是最好的一種，但也要習練者自己放鬆的、安靜的、來一步步妙手偶得也。

（二〇一五年十二月二十一日　今周刊）

太極練法之再探

有人拳打了一、二十年，一直不知自己有何進境，甚至對氣的體察亦感到甚是飄渺，竟至興趣有些缺缺。

亦有打了一輩子，身體固是養得不錯，卻永遠打成一襲老弱頹喪相，此亦可惜之事。其實太極拳無須視為老人拳，那些深有運動美感之人原可以將太極拳打成行雲流水如公孫大娘舞動劍器之高妙藝術，並且絲毫不影響其養生息心之絕高功能。

先說氣。演練拳架，雖要身動、手動、腳動，像是不少外家拳亦要操使的動作，然其實「內」的察覺十分要緊。如「摟膝拗步」的抬腿，不是以腳踩地令之生反作用力而升起，亦非自膝蓋發出「抬高」之指令而出力提起，有一點像是自胯發出的抬力。而更像是據高手言，應當是由體內發自腎；然腎並不能出力，故而是以意引導腎發出向上輕輕一提的指令，當人極鬆靜時，內與外很相通，腿腳往往很輕柔的可以高上或低下。

至若有些招式，腳需自高處放下，踩平在地，初練者踩下並不很穩很柔，或說，並不很有氣的樣子。這亦同理，是沒有令胯間的氣經大腿、小腿貫注到腳，並從湧泉滲出，下注入地。

也就是說，身體裏面涵著氣，腳踩在地才會顯得輕柔有彈性，如邁步如貓行云云。

又常有「將拳變掌」，這亦是有方法的。乃將半握之拳緩緩張開，像有東西陸續自拳心將掌指撐開一般。這又似「吐出」，即如杜甫詩「四更山吐月」中的山要把月吐出似的。

最明顯的說法，是起式的兩手，最好是「被動的騰起來」，而不是由你主動舉抬起來的。

此等皆言氣也。

為了起式的手能自然飄起，許多人在起式前先站上一會兒樁，以靜來蓄積氣也。然亦有人站樁委實不太容易站進去，七、八分鐘過去猶感浮躁，那還不如舞動身體來打拳。往往打著打著倒反而平穩沉靜了。太多人打過一、兩趟拳架後，再開始打起式，倒反而手飄騰得比較自然了。

有人在某一段時日裏極迷太極，極想每一刻皆拿來練拳。這是很珍貴的經驗。然而「矢志去練」、「潛心苦練」究竟是個什麼樣練法？是早上兩小時、下午兩小時、晚上再兩小時嗎？

據說早也打、午也打、晚也打的練法，練兩個月也足矣。接著不可練得太「緊貼」，否則一來會呆悶，二來會有「執固」之可能。

也就是，晨起練一小時，睡前練一小時；其餘時段練別的，如游泳、如瑜珈、如柔道。游泳者，教人筋骨伸展又不使上拙力。瑜珈者，教人伸仰軀體兼專心凝神。柔道者，得以在榻榻米上滾動捲身，最能在臂膀、肩、頸、股臀上觸碰實物而聽察力勁也。

倘能再玩衝浪，則更能獲更高層之專注與隨波俯仰後之圓融。且下了浪，步於沙灘，人是全然放空。

玩滑雪亦是。跳芭蕾舞亦是。故而說到最後，太極壓根是適合活練的功法。這就是為什麼練拳者行有餘力時，練練劍、練練白蠟桿極是尋常。乃白蠟桿甩出，再拖回時，能以腰旋肩，以肩引肘腕而達桿尖。即隨物可以試力，又隨時可以練勁也。

太極練得勤時，下了課，走在路上，亦很自得。偶見籃球場上有人打球，也下場來打。運球順時，只覺手心能吐球下地再吸球入掌，而一邊運球一邊移步直如行雲流水，像入無人之境。那種隨心所欲的飄移之感，實是運動的最高境界。也可以說，好的籃球高手打起球來，活脫便是內家拳。故而練太極往往是心靈亦須求得高昂。倘無心漸至高昂，只一意因循素日模樣，豈不可惜？

（二〇一六年五月十四日　聯合報「名人堂」）

小學同學的後日遭遇

離開小學已四十多年，近日有熱心者將聯絡上的同學他們的通訊方式整理在電腦裏，然後一一寄送。

看著一個個的名字，有些還印象深刻，有些則長相實在浮不太出來。接著看他們的住址，竟然大多在美國，少數亦有在加拿大的。在美國者，又以加州為多；北加州灣區一半，南加州洛杉磯區一半。其餘則德州、新英格蘭等占一些。

看地址，便不免猜想：他們在那些地方，遙遠的地方，不知做些什麼？

當然，最好是遐想。老實說，我不算太想深刻知道張三幹啥李四幹啥。至少我不會主動去問誰誰的近況如何。

但是奇怪的，我不介意側聽到某人怎麼樣等等。

有時每隔八年十年，偶然遇上一個舊識；這舊識提起他的親戚，結果這親戚的兄或姊竟然是我的昔日同窗。然後他不談這同窗，反而聊的是這同窗的另外兩三個同班哥兒們，原來這兩三個寶貝的事蹟更教人震撼，例如每人到Las Vegas各輸掉一百萬美金之類的那份荒唐。

許多故人的歷史，不敢太貼近去得知，主要也是怕傷感。傷感些什麼？各種各樣的。例如有的人家庭遇上大的變動，離婚什麼的。例如有的事業起落很大，或是上一代如此，或是他自己如此。實在是人的幾十年有太多教人不敢太過清清楚楚知悉的可能遭遇，有時候不知情往往更鬆閒。豈不聞「無信息即是好信息」的老諺乎？

再就是近鄉情怯。

你已然離開很久，便要再靠近，自就有些卻步。此種難為情，極是微妙。小學時每人皆是小孩子，天真無邪，如今俱是老人，且想想，變化可有多大！有的小時是可愛極矣的小女孩，若她二十幾歲時已變得不一樣，或更豔美或更粗橫，而後三十、四十又再變，如今五十多的人，不要說她未必想與老同學相見，有的同窗或亦不敢見她，乃微微承受不住也。

另外還是歷史的沉重度。須知歲月如此漫長，有的人由純真小女孩長成美麗少女，然後受無數少年慕愛，並追求，結果嫁人，無奈好事不永，感情有了裂痕，離婚，再遇別人，弄到事業倒閉，結果還與男方有債務承擔之責，只好遠走異鄉，或是避債，也或是捲款潛逃。至此，已很難說得清楚。這一類故事，便亦是台灣近四十年的一頁歷史。許多人的同學，不論早年可愛或無邪，後日亦不免變成如此。

我的同學後日如何，雖不知道，然歷史自然攜有的沉重度，也是我不敢過分探知的原因。

又由於我與我的同窗們皆生於戰後嬰兒潮，在某一種歷史條件下，屬於較幸運的一代（譬似沒遇戰亂、不用逃難，又逢工商突飛猛進），這亦投射在同學們的經濟狀況中。怎麼說呢？大夥較易累積財富；於是當人們聊天中提及同學中誰的成就（或誰的收穫）最高這類話題，我這一代人頗有可以論及者。

而隨著年齡增長，或說變老，這成就莫非尚需包括「誰活得最好」，而不是誰最富裕或誰官做得最大或誰最有名等等而已。

但成就，只是無謂字；小學時誰想到這個？

小學生每天本該無憂無慮，但誰知道轉眼就是少年，轉眼又是當兵，再轉眼已是社會人，每天為錢奔波，再一下已到了中年。故而愈懂得回看人生，愈要知道不可多想成就。

社會給予小孩太多的功課與奮鬥項目，造化好的或許巧妙的找到鬆閒之落腳處，造化差的則被哄得矇得團團轉，幾十年把自己弄得辛苦極矣。看著昔日同學的名字與地址，祝福大夥不論人在何方皆能活得歡樂安好。

（二〇〇八年四月十一日　聯合報「聯合副刊」）

成功中學回憶

高中，照說是人一生中最重要的一段光陰。對一個人的年輕時期養成有可能比大學還重要。尤其在台灣。你且看，台灣太多傑出的人，未必念過大學。再者，許多等不及要嶄露頭角的天才型人物，雖念了大學，卻早就心有旁騖，他的聰明才智在高中時已開始啟動也。

至於我的高中呢，我怎麼總覺得啥事也沒做，也甚至啥事也沒去想，似只是每天依樣畫葫蘆，順水推舟，得過且過，像是先把自己冰封起來，完全空空濛濛，等將來有一天，可以脫卻掉那一干負荷（不見得是枷鎖）了，那再把自己解凍甦醒吧。

高中，又是人在密集的社會接觸（每日與同學緊貼生活，空間又皆是教室）中成長的重要時期，於是他的觀察朋友、他的功課進境、他的體能鍛鍊、他的思想培養，甚至他的愛情憧憬，皆在此一段三年中得到最大的醞釀與練習。有過這樣的少年時養成，不久之後迎接弱冠與走入社會，已然完全沒問題了。

六十年代末，世界各地皆有大震盪，然我在台灣這小島上過活，竟然什麼也不知道。像1968年的歐洲，多少屬於青年的洶湧大事，然我漠然無知。一直要到三、四十歲才回頭自歷史中去得知。

像音樂課，大學未必有，而孩子的音樂薰陶，至高中已可臻相當高的程度。再如作文課，高中的作文課，每周有二小時，必須以毛筆來寫。這又是一樁很寶貴的養成。老實說，三年這麼寫下來，每人寫出來的小楷，亦有了一些自己的體。

寫這作文，大家要先構思，有的甚至打打草稿什麼的。往往第一堂課，大夥表面上說構思，其實是找人聊天，或是在紙上畫的格子上面下圍棋，總之必須不發出什麼音量。至於到了第二堂課，則磨墨的磨墨、溼筆的溼筆，差不多要往毛邊紙的作文簿上動筆了。

我後來發展出一種快筆寫就的方法，而運筆一快，往往會出成蠻好看的字形。同學中有一二人，偶在我座位邊經過，看著我寫，竟然還讚說好。哇，真是難為情。

這一晃，又幾十年了。高中畢業後，便有幾十年又不動毛筆了。可見這作文課，怎麼會不寶貴呢？

我很少想到去回憶我在成功中學的點滴。這不知是什麼緣故。只能說，我唸書的三年，似乎平平淡淡的就過去了，沒遭逢輝煌閃亮的事蹟；而整個學校也淡淡的幾乎找不到什麼可以言說的特色。

亦從來不會想到去寫一篇回憶成功中學的文章，因為我幾乎想不出什麼主題特別的趣事。但既然現在被央求寫，便試著說多少算多少吧。

先說一事，成功中學的老師，我印象最深刻的，是他們的無為而治。這說來奇特，但大多數的老師皆有這種優美的氣質。

尤其高三的那些老師，像導師于鴻霖，也教歷史。像英文老師周複。像國文老師祝豐。像三民主義老師宋學謙。尤其宋學謙從沒提過三民主義要用任何坊間的參考書。彼時流行賞啟新與江夢德兩人的秘笈，被視為考試的得分之鑰。但宋老師只開口講課，講得極好，又幽默，並不期待你在台下參照什麼書。只要聽，就成了。若你真想找書看，那麼他會說：就找國父的講稿來看。

只要聽課，看書或不看書無所謂。這是多高的境界！

於是我們班不少同學在聯考時，或許三民主義分數不夠高，沒考上較前的志願，但日後的做人或甚至人生成就有可能更高。

至少我自己觀察到的人生經驗，便深刻能說明只計較分數與考試的效能的人日後在社會上比較讓人搖頭。

這襲「無為而治」，是成功中學我認為於我最受用的精神資產。

另有一老師，我高一的國文老師毛祖讓，書講得好，人的氣質也好。我至今猶記得二件事情：第一，他說他能唱蘇東坡的〈水調歌頭〉（明月幾時有……），以崑腔唱出。他說只有極少人學得此調，若他老了，不在人世了，這個曲調或許就失傳了。後來他活得很老，將近一百歲才仙逝。再就是我在畢業後幾年某次在公車上遇到他，向他提將〈水調歌頭〉錄音下來的請求，他也答應了。

第二件事，便是毛老師看我們的作文，常寫什麼我們要好好讀書、鍛鍊強健體魄，以便日後做社會的棟樑，反攻大陸解救水深火熱的同胞云云……

為此，毛祖讓特別指出一個觀念，他說反攻大陸是我們五十歲以上的人的事情。因為大陸是從我們的手上丟掉的，收復它，也是我們的責任。你們小孩子，不需要操心那麼大的課題。

高一時，詩人紀弦在隔壁的乙班教國文，我們一年丙班聽不到他的課，無法得知他的講課風采，但他偶在走廊經過時，將他的鬆蕩蕩皮鞋半拖半磨的來走，在地板上碰擊出光當光當的節奏聲，微有一絲調皮似的樂趣。看來這位路逾（紀弦的本名）老師頗注重自得其樂，難怪能享高壽。

高一的導師，叫侯樹林，教英文。他常在上課前，如同開場白一樣會聊一些他今天的見聞或近日的社會喟嘆，往往極有意思。隔了幾十年，我幾乎想比喻是小型版、口語版的何凡「玻璃墊上」。像他會說，他喜歡穿夾克，人的肩膀可以含蓄一點，不用像穿西裝那樣把肩膀挺得像什麼似的。接著他就說，大門口的門房就很喜歡穿西裝，穿成威風凜凜，於是我每次進門還有些低頭彎腰，覺得要進衙門一樣。反而是門房還比我這教書匠有威嚴一點。

真有意思。另外侯老師會聊起，他乘的公路局車，是到「公路村」那一線的。他的觀察是，開這一線的司機，會不會是被懲罰調來這一條線的？因為這條路，又是坑坑疤疤，車的狀況又最差，而司機的脾氣最不開心，一路上又搖又晃，風砂滾滾，活脫是發配邊疆。哇，你看看，侯老師的世道喟嘆，真是別具隻眼。

若說回憶，突想起六十年代是台灣牛肉麵最輝煌、最騰躍的歲月。而成功中學的大門對面，貼著台大法學院宿舍圍牆的那一排「濟南路攤子」，是我們吃學生式牛肉湯麵的啟蒙年月。這一排攤販群其實是有店舖的，算是違章建築，賣自助餐、炒菜、麵條等。而它的牛肉麵店家，亦有個五、六家之類。燒出來的滋味，並不比師大的牛肉麵聚落或桃源街牛肉麵聚落來得差。頂多是規模小些與價格廉些。記得那時一碗牛肉湯麵似是6元。牛肉麵則吃得少，似是15元。這當兒突想到，既說回憶，最值得說學校對面的當年小吃。

學校裏每周三下午有所謂的「課外活動」，每人可依自己興趣選其社團。有人選軍樂社，然後挑自己適合的樂器狂練，小喇叭、法國號、黑管、薩克斯風，或鼓。學長崔玉磐當時任軍樂隊的隊長，他帶領社員練幾首古典名曲，以為不久後高中軍樂比賽時將奏之曲目，其中有貝多芬的《艾格蒙頓組曲》，有華格納的《唐懷瑟》等，他們練習時，我們偶亦聽到，哇，居然氣勢雄渾，並且很美，允為高中校園裏極是振奮學子心神的幽幽配樂。

彼時的「課外活動」，請的師資亦很不凡，像柔道社請的是黃滄浪，國手也。而我姊姊她在北一女的攝影社請的指導老師是郎靜山。這說明，在六十年代，台灣還不怎麼有商業的機制，故聘請到哪怕是國寶級的大師，根本花不了什麼錢。

成功中學每年秋天辦一次運動會。其實只是田徑運動會，多半在市立體育場舉行，我高一、高二皆在觀眾席上觀看，每每看得心神振奮，直到高三了，我也想報名一試，每人可選二項，便選了跳高與跳遠，結果跳高沒得名，跳遠得了第四名，恰好與金、銀、銅三牌無緣。

高三那年的場地，借不到市立體育場了，只好借隔壁的「北商」。或許是因為北商的那片踏板不夠平而緊緻，我的釘鞋用力踏踩下去，感到不如我在練習時用台大或體專（即市立體育場）的踏板之反彈勁道，可能因此少跳了幾十公分。誰又知道呢？

那時我買過一本《楊傳廣田徑訓練法》的書，想學「剪式」的跳法，也練得自我感覺頗良好，想在比賽那天用力跳他一跳。

今天的我，算是靠賣文糊口；然我在中學時，完全稱不上什麼文藝少年。除了不看文學類的書（新詩是完全沒讀過，散文、小說亦看得少。《現代文學》、《文學季刊》等刊物當時壓根沒聽過），其他的書亦不怎麼涉獵。我的興趣是動態的。最樂做的，是假日的郊遊（像現在已淹在翡翠水庫下的鸕鶿潭，我們極愛去）。再來就是打球。若是文化上的興趣，則是看電影。若讓我安安靜靜的看書或甚至寫點東西什麼的，在那時絕對不可能。我的好動，一直影響到我現在；我每天起床後不久便想出門，說什麼也要至戶外混一混。我一直沒法做一個室內人，照今天的講法是，宅男。

便因好動，高三的暑假，我和兩個朋友，三人三輛腳踏車，自台北騎到新竹。當時，我們沒有一部車有變速的，皆是最陽春的車，騎的公路是台一線，坑坑疤疤，高高低低，但我們覺得新奇、刺激，完全沒有苦的念頭。一大早出發，抵新竹時，天都黑了好一陣子了。朋友的大哥等著我們吃晚飯，一直叫他的小孩到巷口張望，張望了七、八次，沒見我們蹤影，終於他們自己先開飯了。至於第二天怎麼回來？好問題。是搭火車回來，至於我們的腳踏車呢？則是托運在其中一節車廂上，同車而返。

再說練武。

有的同學選了國術社，有的則選柔道社，亦有的認為拳擊社最具攻擊力。總之，每一種武功皆有擁護者，但哪一種最厲害，誰也不讓誰。但亦有很具運動細胞的同學卻什麼練武方面的社皆沒進，聽了大家誰講誰家的打法最有威力等等，他卻露出一種表情，像是「是嗎？真交手了那可就不一定噢！」

事實證明，那同學的見解沒錯。乃太多的路上實戰，真打起了架，能打的會打的，常不是那些學這拳學那拳之輩。

武俠片最盛行之時，而王羽為男主角的片子在那時拍了極多，其中《獨臂刀》系列最教人震撼。我自幼看武俠漫畫又看武俠電影，便對練武很有興趣。上了高中，竟然這學校的課外活動社團裏有「國術社」，喜出望外，便參加了。

姜長根是國術社的老師，是「韓門五虎」之一。韓門當然指韓慶堂的門下。我高一參加這個社團，學的第一趟拳，是連步拳。第二趟拳，是功力拳。接著還有六合拳，十路彈腿。其實心中很嚮往學太極拳，結果過了沒太久，也教了太極拳，是楊家的大架子。姜長根教出的拳架，依稀就是坊間楊澄甫拳書的各個招式，只是他自己是北派少林太祖長拳那一門的，打出來的太極頗有少林的硬挺，亦成另一種意趣。

班上有一同學，他沒參加國術社，卻跟著長輩在立法院也學打拳。問他打什麼拳，他說「形意拳」。接著打給我們看，竟是身形蹲得很低，一上一下，身體的側面對著前方。

那時是1968年，李小龍三個字，台灣還沒有人聽過。

（二〇一二年）

回家

每天雖沒啥屁事，但必定會出門，且出外出到必至半夜才返家。單單想及這裏，已自己覺得好笑。究竟怎麼弄成這樣一套過日子形態呢？噫，的是荒唐。

故我每日回抵住的地方，有一種「回家」的扎實感覺。我喜歡這種感覺。我甚至珍惜這樣的感受；也就是說，若我回家太早，如八點鐘，便不叫「回家」，乃我太有可能不久又被朋友召出去或被自己的玩心再次拉著出發。

然近三五年我常忘了這「回家」的感受。或許我皆在家近處活動，即使走路來、走路去大半天下來也走上了五公里或八公里，卻因為心中洞然家其實就在不遠之處，正因如此，即使到了一天結束時走回家去，竟然不大像「回家」。

近月，我又想起了這件事。想起了回家這個心中興奮的好感覺。怎麼想起的呢？

我每次自南部或中部回到台北，下了火車，便不自禁加快腳步，一點時間也不願浪費，衝著去搭捷運，為了一件一點也不緊要的事，回家。

但不知為何，它令我百般興奮。同時，它以一種情態表現出來，便是我才下了捷運，已微微有想大便的感覺。然後自捷運站走往家的路上，更是愈來愈有便意，幾乎都像是迫不及待如同要拉肚子似的。

當然，接著的十五分鐘或四十分鐘，便是極專注又極必定在做的事，開門，脫鞋脫褲坐馬桶，沖水，開窗；接著打開背包，拿出在外所用的物事；然後倒一杯水什麼的，便這麼像是總算已到了家裏。

即使是當日往返，自中部返北，亦令我抵家前產生便意。

於是，這想大便的感覺，使我想到了今天這篇〈回家〉的題目。

有時在台北，晚上接近家門，亦有這種感覺。可見未必要出遠門方能達臻此效果。但是長距離與豐富的行程更可獲得想大便的可能。

自國外回來，抵桃園機場，一出機門，我亦是快步前行，往往到了繳證的關口，竟是最先的幾人之一。桃園機場的海關是全世界驗證蓋章最快的關口，我從來很少超過三十秒的。接著是領行李。再接著，是乘國光號。這一切流程，於我皆習常之極，我幾乎要說桃園機場是回國最舒暢的一處地方。而國光號上偶放的某一兩首國語庸俗流行歌曲，竟然如此醉人。抵台北車站，坐計程車，七八分鐘後，回到家。行李才放下，第一件事，大便。

長途旅程後的回家，最能獲得便意。

即使在台北，若是一天在外的時間頗長，辦了好些事，經過了這城市好多不同區塊，遇了好幾撮人，最好還完成些文思的事，如看了好幾頁書或是寫完一篇小稿，在那麼多豐盈事體之後，心情滿有些高昂下回往家門，常常會有便意。

故而我發現，人應該一天多做些令自己豐足並遂心之事，然後在一天收束時享受回家的美樂感受。大便或不大便，只是一項表徵而已。

我們沒有快快樂樂的回家，代表我們沒有好好的出了這一趟門。我們很快就回家，也或許是我們這個城市不值得讓人待得久，或我們的朋友都不見了嗎？

（二〇〇八年三月十四日　聯合報「聯合副刊」）

談閱讀

看書，須當如小孩時玩躲迷藏、扮家家酒一般有樂趣、有鋪排、有瘋鬧狂笑，如此方是好的看書。

有情有趣的看書，才可以由兒時一直看到老境。無趣的看書，便只有大耐心的學者可以做到。

但別以為通俗易讀的言情小說或漫畫便是有趣書，非也，往往我一頁亦看不下。

主要在於好的藥引子。那本你想看的東西，有一件吸引你的來由。絕不能說因為它是漫畫，便理當吸引我。還有，漫畫這一物，有太多它的長久攜帶的「職業腔」，亦可稱為流氣，這一類的筆調，常教人不能直往核心注看，只是不斷受它的布景、它的飛筆，甚至它的音效所干擾，如同吃沾醬過多的薯條，何苦來哉。

讀書不只讀精米，也讀糙米，也讀五穀雜糧。須知皮殼的營養常更好。不可只讀人家已然整理好的「已完成之精品」，也要讀粗材（一如吃粗糧），令自己的牙齒來碾它，令自己的胃腸來慢慢分解它，如此之獲得，才會更養分豐備。故而即使是文學家，也不宜只閱讀被寫得很優美很精鍊的經典文學，如詩；更應泛看坊間的雜書，如某些知識類（如醫學、養馬、開墾）的書，如某些寫得不太好卻愛憎強烈的言情小說，又如牆上的對聯、報上的笑話，如夾在舊書裏的便條、沒讀過太多書的人寫的信、機器操作手冊，或是布告欄上的廣告，甚至廁所文學等等。

為了雜看之趣，不妨養成翻閱的習慣，亦即，不一篇文章整篇看完或一本書一開看便看到底。

翻閱，最好是像看雜誌一樣的凡看皆先選你最有興趣的題目，一讀前幾十字，若不吸引你，立刻又掃射到別的題目去。愈能找到引起你興趣之文題，便愈能得到閱讀的情趣。可別小看這「找題目」一事，它亦是過好生活極重要的技術。

泛看，雜看，雖不及埋首專注於某本經典的有深刻之收得，卻也頗能增強眼力。所謂「閱人無數」，看書亦有相同之「閱書無數」。

既是增長眼力，書不只在家中讀，也在旅行中讀。這指的不只是看書而已，也指把眼放在任何可以「留心」之處。例如讀人（看外國人，會更令你生出比較心）、讀地方（觀察別人別國之風土或生活陳蹟，使人增智慧）、讀大自然的風景……我每上火車，甚少看書看報，總是看向窗外。那塊長方框子，是當時最好的一本書。

曾經看過一篇東西談及小說《叛艦喋血記》（Mutiny on the Bounty）的作者親身到波利尼西亞諸島上搜集寫書的材料，隨身可帶的物件有限，於是在書上面只能挑「大英百科全書」裏的一冊，便挑了M開頭的那冊，結果其中的詞條有趣極了，而他，在島上的閱讀，一點兒也不枯悶。

其實人在封閉中，任何書對他皆會刻下極深的印痕。囚於獄中的人，若只給他三五本書，他必然讀得極熟。同時，這三五本書的思想或許影響於他也極深。由此可見，專注與封閉，常相互可為表裏。而專注，一來是深度記憶，一來也可以是執拗。

閱讀之美也常在於此：一來是專神。你專於此書，便進入一種迷離幻境，身體也放鬆了。豈不聞「廢寢忘食」？一來是分神。令你離開原先的別的專注，免得在原先一逕之慣性中把人的日子都給過僵化了。

（二〇〇八年五月九日　聯合報「聯合副刊」）

說雲遊

一個朋友不久前大女兒出嫁，最近二女兒也將遠嫁，我笑說：「兩個寶貝女兒都嫁人後，你們二老就可以安安心心的雲遊四海了。」

雲遊，指的是放下手邊多年的工作或心中一直有的重擔與重任（如小孩猶未長大），暫離或長離平日的定點而去往外間，或甚至更遠的陌生地域，或散心或觀覽風景或接觸新式人群的一種行動。

佛門與道家，自古亦多人雲遊。且此種在外間漫走，一地一區、一鄉一村走經，根本亦是修行或生活的一種常態。甚至餐風宿露、披星戴月的在外間移動，原本便是與大自然深刻貼近，期求更達臻天人如一的宇宙本相。

可見雲遊二字，相當程度與「化外」有關。像退休，像老年，像畢業，像輟學，像離職，像離婚，像無家可歸等等。而化外，也可能是一個瀟灑的狀態，甚至完完全全是一個好字眼。

化外，遲早會愈發流行起來。就像大公司大機構的高階主管等到有一天脫離了核心，不必擔負管理的重任了，突然成為化外之民了，這一刻，你看可有多輕鬆！這就像子女皆長大成家，老父母頓時成為無憂無慮的老兒童了，這時說什麼也要急著往外去畢業旅行了。

旅遊資訊常報導國外不少郵輪旅行，一人往往花費幾十萬美金，幾個月下來，除了世界重要港埠停泊的歇息外，其餘皆在海上。也就是說，人生活在一艘如孤島般的大船上。看官可別驚訝，這些人亦在雲遊，亦樂在其中，乃它極度不同於這些遊客平日在家中的生活。郵輪中充滿著與他相近的富人，與他一般的不愛自己尋思下一步要幹嘛的相同平板不出奇生活之人。然而那麼多不同地方之人相聚一堂，已是極可觀的宇宙，每日皆有說不完的新話題，甚至每日皆有新發生的舊事，對他們來說，已是頗好的雲遊。

不少退休的人，雲遊也為了花掉一些原本沒時間用掉的錢。花百萬美金乘郵輪的人只是高端的例子。

我在南部某個公家招待所，樓下大廳見到不少的退休夫妻，聽其言談，觀其行囊，已知他們在台灣好幾個城鄉雲遊，同時再觀看他們花錢與計算一程一程花錢的精密度，可知他們早對出遊花費的盤算是何等的胸有成竹矣。

年輕的雲遊客，如學校畢業的待職青年，如剛結束一段感情牽絆的情傷者，如找尋創作靈感或甚至人生靈感的晃逃孩子，即使沒有錢令他在雲遊中花，卻有另外的一些資源，如精力、時間、心情等，亦是雲遊最好的本錢。老實說，你擁有的愈少，愈適於雲遊。這就像前面說的，你的社會責任愈重，愈不能說走就走。
如今的雲遊之人，愈來愈多在遊停的當地深掘生態與風土，往往有益於城鄉之聯結；而不同於百年前荒災時雲遊的群眾常具極高的丐幫含量。
言及丐幫，台灣都市中的棲息街頭者，很奇怪的，他們不雲遊。吾人很少在雲、嘉的老廟或台東的海灘撞見來自台北、高雄、台中的他們。
莫非雲遊往往屬於積極之士？
何嘗不能如此呢？
我自年少時便不曉努力工作，常在遊蕩之中，轉眼年歲不輕，猶不敢言擱下社會與家庭重擔出門雲遊；然今日在世界各地見多重人馬俱像是不約而同以各類形式雲遊，場面恁是熟悉，或許舉世拋下身家多餘累贅、輕身出門、遠走天涯馬上成為趨勢了嗎？

（二〇一二年九月二十九日　聯合報「名人堂」）

那一年我回到台灣

一九九〇年，是我在美國待的第七年。我在前一年的一九八九年，曾返台停留了好幾個月，隱隱感到八十年代末期的台灣比我未出國前的八十年代初期，明顯的好玩多了；新電影也奠下了根基，創作人在夜裏也曉得找有風格的酒館去喝酒也同時高談闊論更偶一高唱台語歌以宣洩胸懷。並且我在飛回台北前免費停一站香港的那幾天暢快遊覽，教我深深的對亞洲的活力與人和人的貼近熱絡感到震撼，心中已生出「回來看看」的念頭。

當然也可能是我在美國七年已待得太過冷清淒苦了，有點倦了，有點不堪荒澀了，索性回鄉去吧。

那時我在加州柏克萊租房子，一個月二百多美金，平時散步在柏城山坡附近，觀眺木造老房子，吃他一兩個Top Dog的熱狗，偶登上Indian Rock這塊山上巨岩，極目望遠，然心中空蕩蕩的，人生不知要幹些啥好。要不就是逛大學附近的舊書店，然後到了晚上遇有好的藝術片，便去Pacific Film Archive或是UC Theatre看。

有一天晚上，電視上突然插播了一段「號外」，原來有人在Durant Hotel劫持了一群人質。那時是半夜，就在柏克萊這小小鎮上，居然跟電影上發生的故事一模一樣，哇，美國，不是蓋的。

當然，也不時坐了地下鐵BART到「城裏」去。城，指的是舊金山。

這樣的北加州生活，當然，是很適意的，也很富文雅氣，尤其較之前數年飄蕩美國內陸無垠大地那種茫茫渺渺天涯落魄，這裏已然是天堂。但仍然缺少人。所謂人，是與我有關有繫有過從的人。路上的人、書店裏的人、咖啡館的人，這些人和我擦肩而過，卻怎麼也不相干。

我有點想回到人群裏去。

好像是六月份的有一天，我走在舊金山的Clement街，所謂第二個China Town，眼裏似乎接觸到一個熟悉的影像，原來是有兩三家華人雜貨店門口報架上不約而同呈現出來頗為醒目的頭版新聞，走近一看，果然，是《世界日報》（聯合報在美洲辦的華文報紙）的頭條新聞，謂「侯德健自大陸渡返台灣」。我馬上掏出兩毛五買了一份，隨即找了一家咖啡店（應該就是「生計」麵包店），坐下來讀。

前一年，北京發生了六四天安門事件，經過了一年，侯德健還是被北京當局驅送回台灣。

回到家裏，我覺得要寫一封信問候他。因為一九八三年他去大陸前，我們極熟，極常相聚，每星期總有兩三次，如今這麼些年（轉眼也是七年）沒有音訊，今天見報，怎麼不教人激動何似。這信一寫，就寫了十幾頁。講些什麼，現下也記不得了。總之有一點提到，便是要他稍安勿躁，待我過一陣子回台灣，大家碰面好好敘一敘。

至於信要如何送至他手上，我想索性寄給老同學佘為彥，請他轉，最妥當。

這件事，只是更促成我回國的一股動力。

於是我開始收拾身心，也收拾雜物。我想我有幾箱書要運，還有幾十張唱片，東西委實不多，但東弄西搞，也差不多要在秋冬之際，才會動身。

我開始更細緻的觀看北加州，並且更細緻的觀看柏克萊，深感此地的木造房子與坡勢社區構造真是優美。再就是，我更細緻的享受看似尋常的觀影；不少我以前早知的藝術片這當兒看在眼裏更深有體悟了。

一直到了十二月，我終於飛回台北。

兩三天內，所有的熟人都立刻碰上了面，聊天也皆是從下午聊到吃晚飯，再聊到半夜，再一直到天亮，然後才回家睡覺。

幾天後，我便跟著余為彥到屏東。他正在幫楊德昌拍《牯嶺街少年殺人事件》，余為彥任製片。我去，因為無事，可以玩一玩，也去重溫當年在水底寮當兵所看到的屏東。

但這部片子是大工程，為了重現民國四十九年的馬路上隨時有軍車、有坦克車，故在屏東拍攝比較方便。至於牯嶺街舊書攤也乾脆在屏東市內搭景。其中最重要的小四（張震飾）家那幢日本房子，也挑選屏東糖廠的日式宿舍群來拍。

我在屏東待了十來天，時而看他們拍片，時而與工作人員歇工時聊天或打打撲克牌，居然沒去想整天沒事是否可以，然後十多天過去。回到台北，才慢慢的回過神來，啊，我這會兒總算回家了。

這一回，回了二十年。人生的事情總是很難預料。

據說，一九九〇年台灣發生了不少大事，但我沒啥注意，也不怎麼知悉。而我自己身邊遭遇的事，也其實模模糊糊，而模模糊糊之中，似乎也會引領人往他早就命定的路上去走。

（二〇一一年九月　印刻文學生活誌）

窮家之菜，實最風雅

——說白菜，也及煨麵與春捲

某甲廚藝甚高，有一次要宴客，客人中最主要的，是某乙，便問某乙：「十幾道菜裏面，有兩三樣是蔬菜，你有沒有特別想吃的蔬菜？」某乙說：「我最喜歡的菜，是大白菜，你看看能怎麼把它做成佳餚吧。」

這種類似考試的方式來做菜，其實很有意思。某甲原就了解某乙吃的脾味，兩人亦在許多地方同桌吃過。有一次我也在，還有另外兩三人，那天吃的是煨麵。我事先囑咐店家用薄的寬麵，兩公分寬，擀得較薄，下好撈起，在雞湯裏煨。原本燉雞湯時也下了寧波魚圓（即魚肉刮下來，不摻粉，只與蛋清揑成大型圓子），另外以雞油久燒的白菜，也已燒成菜糊，這時澆在麵上，再把雞絲撒上，擱上幾顆魚圓，便是每人一碗的「雞絲魚圓白菜煨麵」。

這碗麵，大夥吃得高興，每一樣佐料皆有人讚美，並且大家都道這種尺寸的麵條煨起來還真不錯。最有趣的，是某乙認為這整碗裏似在似不在的白菜糊，最教他印象深刻。

遂與我一整個晚上大談了很多的白菜話題。我說，不瞞您說，我做為寧波子弟，自小吃大白菜常都是吃爛糊版的。他馬上接口：「對啊，你們的『爛糊肉絲』是名菜啊！」我說，是的是的，但主要是，白菜雖然不是粗澀硬柴之菜，又有其嬌嫩之質，但浙江人從不把它當嬌物，總愛把它燒得爛爛的。而且很奇怪，它即使爛糊了，仍見出它白菜的原本滋味。

接著我又聊，爛糊肉絲，名字雖言肉絲，實則吃的是白菜，肉絲只是配角，並且一盤之中放得甚少。不只吃白菜，並且吃那個糊。也就是，它是一道窮家菜。

為了燒出那個爛糊，最容易呢是勾一點芡。但坊間太白粉啦、地瓜粉啦、菱粉啦，令人不信任了，後來養生意識環保意識強的人不願意買了，有的吃家索性就不勾芡了。這時有的人在燒這菜時，常用的是燉蹄膀時的肉皮湯舀一些進來，於是白菜燒好放微涼，便成糊狀。但要很小心，有時會燒成過腴。

如果一、二十個人吃煨麵，麵鍋裏的麵湯夠濃渾，取一些麵湯（如同是芡）與丟進雞湯的麵裏再煨，則白菜融於其中，便有爛糊感矣。

雞湯煨麵，最不浪費。先燉雞，浸一浸，撈一撈。再浸一浸，再撈一撈，待熟，便將雞取出放冷。冷後將腿部、翅部切下，作白斬雞用。雞頭、脖子，與有些雞皮再丟入湯中繼續燉。雞胸的白肉，也早撈出，便是待會要撕成雞絲的部份。

那些燉在鍋中的部位，為了湯冷時，撈起浮面的黃黃雞油。而炒白菜便用這雞油。撈完油的雞湯，便以之煨麵。

故雞湯也用了，雞油也用了，白切雞也有了，雞絲也能舖撒在麵上了，故我說，最不浪費。

然吃雞湯煨麵，最好有一碟炸物來配，便是春捲。

各種餡的春捲，都有趣味，都頗好吃，但我個人最久吃不厭者，是大白菜餡的，也就是，幾乎可稱為爛糊肉絲餡的春捲。肉絲的比例，仍然很少，且要切得很細，能帶些肥絲更好。先將肉絲淺醃一下（醬油、糖），放它一放，再用蛋清抓一下，接著入鍋稍炒，取出。再炒大白菜，用雞油最好，用豬油也宜，用植物油也完全沒問題。炒一陣，便可蓋鍋來燜，不久再將肉絲傾入，待熟爛，即成。放冷，亦可放擱網上瀝水，完全冷了，便能包入春捲皮中。

其實，專業的做法，的確會勾一點芡，這能令包時顯得不濕，而到油鍋裏一炸，因為熱，芡又化成水了，一咬，感到湯汁豐腴，最為滿足。

但雞油燒出的白菜糊，瀝了水，包在皮裏去炸，照樣有微微的腴汁，照樣釋放大白菜獨特的傲霜香氣，並且在脆皮的內部竟是如此軟綿綿、香糊糊的菜韻，既不是豆芽菜的那樣脆爽多纖，又不是韭菜的濃烈香勁，是屬於大白菜這種十字花科中最雅馴、最富泰，卻完全不失它最堅貞有個性的氣質。

而它照樣十分和藹的甘於被人家燒成爛糊糊、甚至還矇起來被包在餡裏。這就是大白菜的品德。

吃煨麵時配的這碟春捲，還有一妙，便是可以藉此吃到醋。春捲的脆皮，沾一下山西老陳醋，脆加酸，咬上兩口再吃一口麵，最是香美。

有人吃麵，喜擱幾滴醋，內行也。而這廂以咬嚼春捲而得此醋韻，更是妙招。

最理想的醋，是二、三十年陳的巴沙米克醋，薄薄一沾，已然老得有些黏稠，而酸中帶些焦糖般的甜味最深蘊。

白菜餡的春捲，炸好後，最好放一放。

放多久？放到送進嘴裏覺得溫度上沒有刺燙之感、而脆皮碰到嘴唇時微感到開始要縮軟的那當兒，最是好吃。乃麵皮脆度猶有，而火氣的暴燥已略減，卻皮的韌勁與麵香正得釋放，這微妙的當兒，最是好吃。以時間算，約六七分鐘最宜。並且油也逐漸收掉了。又更有一種，謂冷了吃亦有其「冷韻」，這亦行家之談，就像吃冷餃子一樣。這只先說春捲這脆皮炸物的先天美味力道，更別說它被牙齒咬斷時白菜和著湯汁直灌入你的舌喉之間那股渾然一氣的菜腴鮮美加上麵皮香脆全部吃進你口裏那一剎那，哇，至高享受也。

大白菜，很多名目，有的說山東大白菜，有的說天津大白菜，亦有說黃芽白，廣東人還常以古時字說「菘」，都是。

米其林的廚師，也挖空心思找食材，不知尋常如大白菜，他們常會怎麼做？

（二〇一六年三月七日　今周刊）

好好下一碗麵的藝術

幾十年前，在路上看過一個場景。有兩個人在菜場前遇上了，甲看乙拎了菜籃，問：「買菜啊？」乙答：「想買一兩樣菜，回去下麵條。」

這種因為想吃麵而自己特意上菜場買一些絞肉、一些青菜、幾根蔥的閒適行為，不知今日猶有人做否？

其實，把一碗單單淨淨的麵條很當一回事的來做，是頗美的一樁生活。尤其是做的時候很細心，切這切那，誰先炒、誰後炒，接著下麵，當麵條熟度恰好時，撈起，再與前面的料子拌在一道，然後在最酣暢的那一剎那，幾口呼嚕嚕的吃下，他的結局竟然只是如此的快速完成。

通常，這說的是南方人的雪菜肉絲麵，或是北方人的西紅柿雞蛋麵，皆是如此。炸醬麵，當然也是如此。

中國人吃的麵，大致分兩種：湯麵與乾麵。在江南，風行的所謂「蘇式麵館」，大抵賣湯麵，也就是「澆頭麵」。最起碼的湯麵，大約就是雪菜肉絲麵了，一澆上去，就碎碎末末的化在湯裏，幾乎都看不出是澆頭了。至若大排麵、燜肉麵、燻魚麵等，便是很明顯的澆頭。

江蘇常熟的澆頭麵，更是講究，有單澆双澆之分。双澆，便是兩樣澆頭，例如，大排再加燻魚兩種料子。

蘇州式麵館，是概稱。上海的「滄浪亭」、杭州的「狀元館」皆賣的是這種湯麵，並且是細麵。揚州雖在江北，吃的也是細麵，甚至有些方面更是講究。

台北的鼎泰豐沿循的也是這種江南式的細麵文化。

手擀麵，一般而言比較北方。最家常的，就是麵粉和了水，揉成麵糰，等了些許時辰，可以了，再以擀麵杖擀平，拿刀切成條狀，就是最簡單的麵條。台北賣這種手擀家常麵的，最代表的有兩家，一是信義區的「南村小吃店」，一是泰順街的「糊塗麵」。

北方的打滷麵，也是簡單的一款麵種。便是做出一盆滷來，然後與麵條調拌在一起，便是一碗打滷麵了。這盆滷怎麼做呢？其實就是以豬肉片做基料，與黑木耳、金針、蛋花等炒在一起，勾些芡，便是滷了。

台北的「南村小吃店」，招牌是「炒麵」，只是以蛋和高麗菜、肉絲稍微與油炒熟了，再把起鍋的麵條倒入同炒，就這麼簡單，卻是好吃極矣的一盤麵。

至若太多賣炒麵的店家，為了這一「炒」字，為了容易投入炒鍋中不容易沾住鍋底，選麵選的是油麵。哇，原來是圖油麵在「炒」上面的方便，而不是考慮吃的人是否覺得好吃。

事實上，麵條的純淨，在台灣越來越不易矣。且看那些在麵條的製造過程中加入些許東西令麵條嚼來「有拉麵之感」、「有勁道」的店家，真是無所不在。故我凡要進麵店之前，總不忘先注意一下他的麵條模樣。許多店家在選麵上，就已經讓我不想進去了。

日本的拉麵，進到台灣的似也不少。由於他們的用麵皆不是我能習慣的，故我至今猶未考察過，更別說拉麵的湯頭了。他們製湯頭太過濃郁，甚至味精也常是重要的構成。即使是到了日本旅遊，拉麵也是我很少考慮的食物，乃做得中規中矩又清鮮可口的拉麵我至今猶未遇過。或許拉麵壓根就被設計成要濃郁渾厚的湯與鹼味深重的麵條所合成的那種可叫人過癮放情同時排解適才喝得略醉的最佳化酒物呢。

日本的美食節目喜拍吃麵。最高層次的日本麵，不是拉麵（拉麵其實是日本人心目中的「中華料理」），不是烏龍麵，而是蕎麥麵。蕎麥麵從磨麥子、再將麥粉和水，再逐步製成麵條，是讓人看到大自然的恩賜，最後下成熟的麵條後，人入口一嘗，哇，怎麼麵香可以如此的醇香！故而蕎麥麵不太主張其他配料，有點像是專注於它的麵條本味的吃麵美學。

看到這裏，可知日本雖是很懂歌頌吃麵的國家，然真說到吃麵的豐富樂趣，我覺得不如台灣，也不如中國大陸。甚至也不見得比得上韓國。這要補充說明：麵是一種「北國」之物；韓國在風俗上，北國粗獷風意較足，而日本雖亦處東北亞，卻進化較早，像吃麵這種頗賴豪邁之文化，日本早就嬌化至相當窄的地步矣。

另外，在日本吃麵，是沒有配菜的。可見其飲食之主「專」（一如我國飲食之主「泛」）也。亦即，在日本吃麵，須把心思專放於麵條上，而不是放於配菜上。尤其進蕎麥麵館，除了天婦羅外，麵上再無別的配料。拉麵館也多只是簡單的叉燒、筍乾做制式化的配料，再無別物。而我們哪怕是最簡陋的樹下小麵攤，也會有豆乾、海帶、滷蛋、豬頭皮等最常見滷菜。更別說麵的種類亦有多種（炸醬麵、麻醬麵、榨菜肉絲麵、雪菜肉絲麵、餛飩麵、豬油拌麵、牛肉麵等）。

台灣吃麵，六十年來有些東西一直不變，例如價錢呢十分的平民化。再則像榨菜肉絲麵這種逐漸冷門的麵種，仍有不少店家猶願一直留在菜單上不把它剔除等等，這是很可貴的。

說著說著，想起了陽春麵這種最起碼的麵款也會丟進三數片小白菜，以達臻「令其全備」的這種美學，這絕對和日本是極其不同的。想起小時看麵攤下麵；你跟老闆說：「來一碗陽春麵。」他便掀開麵鍋鍋蓋，丟進一坨麵，隨即蓋起鍋蓋。接著自疊碗裏取下一只碗放下，開始擱料。往往是先打一瓢半凍結的豬油，接著擱鹽，再擱味精。這兩樣皆是細碎晶體，很顯眼。然後就再倒醬油（既有了鹽，還照樣放醬油，太像一回事了），接著灑蔥花，你看看，倒是多詳盡啊！這一切皆完成了，便能掀開湯鍋，打下一大杓骨頭湯了。

這時候，麵條的熟度差不多快可以了，便順手撈起幾片小白菜，稍微撕一兩下，投進鍋裏，沒幾秒鐘，便能撈麵了。將麵很輕柔的傾入湯碗裏，再用笊籬將小白菜撈起，蓋放在麵上。然後，最後一個動作，取麻油瓶，滴幾滴麻油在麵上，便成了一碗我五十年前在巷口花兩塊錢吃到的陽春麵了。

這種下麵的不疾不徐，又煞有介事的諸多動作，早已是一去不復返的那種對待一碗簡單麵卻是一樁好人生的古時境界矣。

（二〇一五年六月二十九日　今周刊）

一封舊信

最近要堅決地去做一件事，這件事的標題是「不再旅行」。其實我一向不曾旅行，我在台灣從來沒到過什麼風景勝地，即使去了當地，也是視而不見。就像有人去土雞城，只究土雞，不究城。而我是連土雞也沒有興致吃，仍然繼續著前半個鐘頭和朋友正在談的話題。來了美國，在不得已中跑了很多地方——有大半理由也因為這個國土大，一跑必是遠的——在人們看來，像是我遊蹤頗廣，又加以各地的風景不時以卡片報告，好像我玩得太過愉快以致樂於與同儕分享；其實何曾是這一回事，殊不知這是浪途無聊、找人講話之舉。又因不知有什麼重要大事好講，只好講些有關眼下站著的當地，所謂的名勝是也。

講話可以峰迴路轉，寫東西或甚至寫信，即算也能峰迴路轉，在迴轉時要不妨給人先標出一塊sign之類的東西，讓人有所依循。我愛峰迴路轉，所以不適合旅行，頂多只能適合亂走，走到這裏是這裏，走到那裏是那裏。因為若說這也適用「旅行」之義，那麼我可能原要去A地玩賞的，卻結果只走了五百尺就因峰迴路轉的道理往回家的方向走了。

所以我也愛講話，因為它比較不像旅行那樣有責任感。講話要不抵達目的地就可不抵達目的地，很容易就賴成皮的。

但講話也有不盡之憾，所以寫東西這時便派上用場了。例如現代人急著去斷章取義地聽人家話的片斷或話的淺義面，這時可能要賴寫東西去讓那般人有較多的餘裕去採擷或忽略，反正隨他便。不過怎麼講，機會都因此多了些。

不過這不是我寫東西的原因。我寫東西純粹為給自己好玩，好像說，畫漫畫給自己看了笑那種情形一樣。好像小孩子穿了自己發明的戲裝，在自言自語地演戲一樣。

因此，我很不喜歡寫作。我覺得自己會有點肉麻；你倒想想一個在鏡前自扮自唱在演戲的小孩子，讓人瞧見了可有多難為情。

正又為了避開這種難為情，還真只好再回去寫。所謂解鈴仍賴繫鈴人。怎麼寫呢？便是將寫作來替自己迷彩起來。對不起，這「迷彩」一字是軍隊術語，就是「偽裝」之意。好像坦克車上塗成土一塊、綠一塊、咖啡色一塊，或是兵士的帽上身上插滿樹枝野草便是。

用寫東西來讓讀者認不清這個作者究竟是個什麼樣的人，這是藝術本身很重要的附帶好處（甚至可能是有些藝術家認為的最高價值）。我因為怕難為情，所以寫很隔離的故事，寫很不感情衝激很不兒女纏綣的故事，也所以寫語氣古老慢拙的敘述體文字，是那種你只能聽不能回答的單向敘述體，也所以我不寫對話（不瞞您說，即使我很內行於對話），並且我也不寫人們手邊太易觸及的意象（像「她在茶色玻璃窗前兀自坐著，手中下意識地攪動著吸管，卻不知杯中的檸檬汁早已光了」這種意象的句段不會被我拿來用），用這種意象的作者，讀者輕易就知道他是過什麼生活的人，是那種穿沒啥格調的西裝又把白襯衫領子放在西裝外的人，是那種年紀已邁入中老年卻意志還希望停回到青年而偏偏青少年喝的東西他還一逕認為是檸檬水或什麼的那種人，又或許是那種對中國的一套沒什麼信心、對西洋的一套沒絲毫的了解卻又有極多偏誤的崇拜的人。

除了題材，除了意象（這兩點足夠我再寫卅頁信紙或十萬字小說，不過這次且請一回假，擱下不敘），還有就是文字；文字的能手其實很多，我雖也不遑多讓，但也沒啥好贏人的；倒有一樣，便是語氣。這語氣一節，才是我真正稱得上「不遑多讓」的做為一個風格家之所在。（說來好笑，我竟開始自吹自擂起來，哎，言多必失。）語氣是文字感情行進中不自禁攜帶的一樣精靈，作者有何想，便會在語氣中有何流露，即使他的文字、故事等沒做那樣的呈現。語氣是暗流，它是無所不在的，可又捉摸不定，一件作品耐人多次品嚼，常常是因讀者在看了第二次或第六次時好似又看出什麼來了。所謂的「好似」，便是那種他實在說不上來的似看著又似沒看著的意思。

我的語氣作法，是避開現代白話文敘述之難臻雋永的途徑：我們不能忍受二十年前廣播劇時代的國語教育中的生硬語言環境，也就是說，你一用了那類語態句式，你這個作者就被命定是活在那個生硬的時代了。我自然不願活在那個我不滿意的時代。我只能活一次，我來不及地要去選我想要活的時代，而真的時代由不得你去選，我只能半過、挑著過、避閃地來過，並且我既能自創時代（我是說，用創作），我自然要挑一個朦朧遠隔的大約時代。我並非要定規它是古代（因為若那樣，又太給歷史面子了），我多半想表面使其古代化，其實不真讓書中人絲毫透露他的古時秘密，因為他一洩底，我想要的抽象便溜了。

以上只是語氣的前提；是語氣來幫助我一逕想維持的「作品概貌」的工作，所以這仍是題材、意象的範圍。但不能不提，否則開始談語氣上的細節時，會讓人覺得「把語氣做得這樣慎重，會不會太划不來？」

語氣，在我，是揶揄的態度。就是，書中的道理，經由行文，我盡量不讓它一元化，就是像有人正在振振有詞時，我必定要讓周圍環境有相對立的反應（不是故意，是自然的敘述效果，因題材之故），例如火車正鳴笛進站。火車也是新發明的外來物，這振振有詞的人也是正向鎮民（例如說西部荒野小鎮）解說一個新產品或新提議的吹牛之舉。但我要怎麼做，端看我喜歡上什麼可發揮的故事。我愛把敘事弄成是圓形的敘述，而不見直線的。我愛把前兩句寫成這個意思，緊接的後兩句又像是另外人突然可能想到的意見，而這四句要能綜合邁向我該篇東西大約母題之所在。

寫到這裏，我有點累了。「語氣」與「構造我要的句子群」是必須舉例的，而舉例就要拿寫下來的東西給人看，拿作品給人看就會肉麻（雖然講自己如何做作品也已夠肉麻難為情了），愈弄愈麻煩了。

並且這一切，本都不是我的方法，我原沒有方法，我只是自然這樣寫的。方法是後來自己回看昔日文字稍稍分析得出的。就好像我有故意用笑話岔開人家引為認真之事的自然習慣。比方說我有一個朋友，喜歡演戲，他自以為頗具慧眼，他說看了我寫的什麼什麼東西，說很好很怎麼樣，我聽了常會回說，「哦，真的，我怎麼不知道？」或甚至一些更不禮貌的答話。一來我自然避開像小學上台領模範生獎狀那種榮譽又窘滯的場面，二來我本無意與人口頭上多談很私人的藝術上的筆觸之事，三來我很懷疑那些自己不是寫的人能真懂得多高，四來……五來……不管有多少理由，我在用笑話避開正面回答人家話時，是一樣理由也沒閃過腦際的，我只是自然地來這套。

總之，我居然寫上文章，這回事，主要還是我想弄出些我自己想看的東西。我向來在看別人的作品時，總找不到我要的東西，電影與小說皆有此憾。弄到後來，我都很少去看別人的作品了。現在去看電影，往往都像逛街或看報一樣，是隨興的行為，是社交的行為了。我剛到美國時，凡看電影必定中途要睡上一會。

有時想想，基本上我是無意做文人或做藝術家的。我若不小心做上了，是因時代或我的境遇太不堪了，必須有太多事要一表為快或一吐以明志。我是天生的過日子有自己尊貴威嚴的普通百姓，壞作品唬不過我眼，不高明的人事通過不了我的關卡，我只想做我心中的貴族（就好像我若生在三百年前，或就是真的貴族。此處的「貴族」不只是指財權而已，是指彼時民眾對貴族、王冑觀念的宗教性格），在人生一世幾十年裏，把日子過得善美而有責任感便足矣。與家人處，有孝悌忠信；與朋友說話，要像我現在如此——談得深、談得精、不敷衍。到節慶時，能沐浴薰香，穿了新裁華服，到廟會遊觀介入，非曲終不人散。吃一樣東西，熟的必令其煨至恰好，生的則摘採宜時，充滿欣悅地吃下，不浪費。

這就是普通百姓也可完成的藝術行為一般。他們未必如藝術家那麼偉大，卻是藝術家們極其欽羨之人，否則小說家電影家們筆下的主人翁怎麼常是這類「英雄」？

對的，就是這句話，深深刻刻地去過人生。也不宜太暴戾、太瘋狂；藝術家們常犯這兩類毛病。而尋常俗世之人又往往太不瘋狂。最怕的是那種假藝術家他們的假瘋狂、淺浮瘋狂，那當然是更糗（我真不想用這字）的一種情形。

我的命裏，未必能做安穩的過日子之人，有可能不幸變成藝術家。因為我稍有一些craziness，且看我會半夜寫那麼長一封信而不覺得怎麼累、怎麼傷損到第二天的工作之類事，而我的朋友ＤＬ一輩子不會做這種事。不是他不願意，是沒有那種命中隱帶的衝勁，沒有那種古人所謂的「晝短苦夜長，何不秉燭遊」及「深夜不能寐，起坐彈鳴琴」的性格。他是好命的，他比較中庸和祥，我比較激蕩顛沛。命生如此，也不得強改也。

我信頭說的「不再旅行」，就是要讓命暫時歇歇，歇在一些笨拙安固的從事上。做藝術便如旅行，不是不做，是眼前要從案前站起，到後院伸一下腰、看一眼早晨花上的滴露，隨後回到案前把熬了一夜的稿子闔起，好好地該睡一場覺了那樣的況味。

我要在西岸與你們東岸的朋友講一些輕鬆的閒事，寫一些無關宏旨的見聞趣談之信，把日子放平些時，將來才再能獻身或陷身什麼藝術不藝術的。

這就是一個方法，試著用一陣再說。在講些空洞平淡的家居日常之時，不知會不會更漸漸積壓做創作的潛力，不知道，有可能，也有可能不成。

幾個星期前當我還在紐約時，我一面想著快要搬到西岸去平淡地安渡呆板日子，心中稍有高興，可是又一面真想再留久幾個星期（我真去試退機票，不成）。可見這工夫也不是簡單鍛鍊得成。

要在工作中隱居。對的，不需在林野山村這種地點中隱居。

或許因為我離朋友愈遠，便愈容易想起他們。於是在旅途中，總使我寫了更多的信息。表達慾念於我，常發作於荒漠苦寂中。越看不見觀眾，就越想提出作品給他們看。荒漠，像motel room便是，四壁蕩然，無一物突出於我人視界之下，人居其中，逐漸就想著想著想到原先一逕縈繞心中之事。我現在到西岸居住，便為了這份「荒漠」。記得我們曾談到東西岸的區別，我還未回答，又聊到別題上去。現在我可以回答了。東岸的欣欣向榮，就像看無數部好電影，太好看了以致都無暇去設想自己的電影一樣；而西岸則荒涼疏離，沒有美事佳景寓目，也便只能反求諸己，慢慢地將人推到比較本質的事態上去。

當然這是比喻的說法，實在不是一定的。只能說它像我近時過日子的傾向，舉個例說，自從去年冬天學會開車後，我開了很多路，我愛漫無目的地驅駛一件冰冷鐵器做成的工業產品在沒有什麼意趣的平鋪直敘的坦路上胡意亂走，就這樣子，慢慢地心裏頭很多事情便在手轉方向盤中、眼盯路上白色虛線中、換道改路減速加速中悄悄地溜出來了。

我的朋友太多，我又實在很好熱鬧，使得我一直不是很急著去創作，並且也漸漸得不甚介意創作多或創作少。人生好玩有趣也就罷了。再者，人也懶，自以為意境高，作不作成實品也沒什麼要緊。又有點像做電影的例子：導演其實心中早完成了所有的場面、景格、音、效果，但還去做一趟工把它很刻板地拍出來。做工也無所謂，但真希望這工和意念不要分隔太長時間，最好是劍及履及。藝術家們一逕努力於縮短劍履之間的距離，以期能夠更性靈什麼的。意念和做工隔得最遠的藝術，現在我想到的，大概是畫照相寫實那種畫吧。

舒國治

十月十日一九八六　加州聖荷西

（二〇〇五年八至九月　聯合文學）

訪舒國治談寫作

Q：您以前出的書，皆主題明確；像講流浪，則成了《流浪集》。講京都，則全書都是京都（《門外漢的京都》）。講台北，則全書皆有關台北（《水城台北》、《台北游藝》）。談吃，則整本書都是吃（《窮中談吃》、《台北小吃札記》、《台灣小吃行腳》）。如今這本《雜寫》，又有旅行，又有書評，又有畫評，又有人物側寫，又有世道觀察，又有少時回憶，又談養生，又談打拳，更多的是沉思散文，幾乎包羅萬象，可以談談為何如此呢？

A：寫作是你在時代俯仰下的心念呈現。我的生活其實很動態，於是撞上很多人生材料時，不免就東寫一筆、西寫一筆。久而久之，自然散佈在很多零星的題旨下。後來我想想既不能把每一題旨都寫成一本書，何不各種都收在一個集子裏？

另外，不少讀者常會問到我平日生活上與遊歷上的各類瑣細小問題（像「活得隨性」啦、「家徒四壁」啦、「小吃追求簡淡」啦、「遊京都的神髓」啦、「文白相間」啦、「觀賞人生的精準眼光」啦、「簡略的美學」啦之類），後來我想，或許我的不少小文章上能夠自然透露這些問題的答案也不一定呢。

最主要的，我太容易分心。每個主題都無法待太久，想寫一本香港的書，但弄一下又轉到別的上面去，於是，香港的書就擱下了。像想寫一本類似食譜的書，但馬上就忙別的去了。但這也沒什麼不好。有的編輯甚至說，舒老師你太多自己沒整理、沒加寫的短稿，其實很有味道，也很天成自然，沒寫長也照樣值得結集出版！我想想，搞不好也對。

Q：《雜寫》一書，有那麼多篇文章，包含的主題又那麼多，有沒有幾個關鍵字，或是串起各個篇章的龍骨，能讓我們更清晰您的主旨？

A：哇，我自己還沒想過吔。不過或許「自闢蹊徑」、「移風易俗」算差幾近乎所謂的關鍵字吧。舉例說，年輕人要時時想自闢蹊徑，不只是寫作而已，人生各方面皆然。用商場的話說是，殺出一條血路。而移風易俗，則是時時要想到「改變現狀」。吃東西要懂得改變現狀，買房子要懂改變現狀，拍電影要改變現狀，賺錢存錢、寫作、看世界，都要懂得改變現狀。

這個「雜」字，也道出了人生各個年代的這些那些。實在不容易以一兩個字詞說明，於是要顯出它的多面，只好用上雜這個字。

Q：您的散文極有個人風格，您選寫的題材又是那麼的有意思；不管是挑一個京都來寫，或是挑您生長的台北來寫，或是寫小吃，皆能自成一家；相信讀者們一定很想知道：要怎麼樣才能把文章寫好？

還有，年輕人想成為作家，有什麼訣竅嗎？

A：你要把自己弄成是一個高手。

就像人在武林的狀態。你放眼望去，這些武林豪傑的武功壓根就不行，你敢和他們中任何一個較量，並且兩三招就能將之打倒。你要有這種眼光，當然先要有那種實力，然後就有那種還算不上驕傲的那股自信。

寫東西當然也是如此。你這書翻翻，那書翻翻，覺得寫得不怎麼樣，早在心中隱隱知道若你自己下海來進入這一行當，會身列哪個高低位度。但這還只是你的能耐；至於你喜不喜歡幹這行，那又更重要了。

楊德昌小時候喜歡看電影，然後想電影，但讀書讀的是工科，出社會後在美國上班也上的是工程的班，但心裏還常想的，是電影。卻並沒開始做。等到1981年回台灣，真想下手來做了，一做，竟然就成功了。這就是，要把自己培養成高手的道理。

唐魯孫也是。他在七十年代才開始寫他的吃的文章，馬上就一鳴驚人。而他已是六十開外的退休之人了，一寫就寫得那麼好，可見原是一個練過筆力的文人。

畫家余承堯，老年才被較多的人得知。其實他早就一直在想他心中的山水畫該是什麼樣的筆墨，結果揣摩出一種別開生面卻又很真實的山水畫，真是高手啊。

把自己練成一個高手，當然要有一點天生的感悟力。有人拍電影，拍來拍去都是那股陳腔濫調，他還很得意呢。有人擺麵攤，那一盤滷菜總是那些教人看了不想吃的滷蛋、海帶、豆乾，而麵條也是一成不變，做這樣的賣麵人，怎會有意思？路上隨處走走，看到都是一些沉悶極點又造價很貴的樓房，還說這城市有建築云云。在這樣的城市從事建築，哪值得還自鳴得意呢？

寫毛筆字也是，中國人寫了幾千年，寫得好的，寫得不夠好的，比比皆是。自己要有自己的感悟力，有些書法家，你怎麼看，都稱不上好，很可能你就是對的。當然更好呢，是你寫出來教人覺得：哇，原來書法可以這麼寫。

打拳亦然。這就是我覺得人生極有趣的地方，可以四處不經意的看到人打拳，而每人打得好或不好，竟成了我這個路過人的欣賞項目。

看人打拳，看人寫毛筆字，看人炒番茄炒蛋，看人設計民宿，便已太多東西看在眼裏，想在心裏，可見美學到處皆能品嘗到，不是嗎？

另外，寫文章最好要「愛文字」。這當然也關乎每個人早年的品字過程，或嚼字過程。文字的敏銳度，也與人的天性有關。再就是，下筆也不妨直接講你最想講的那一句話。有時，第一句就把它講出來。有一次我寫金門，因為報上專欄只能容納一千出頭字，我索性第一句是：「金門最美是月光……」

Q：您的散文常用許多片段集結成文的方式，這是一個什麼樣的技巧或習慣呢？

A：尤其是為了每次專欄要交稿了，必須趕快理清思緒，想出幾個綱要，於是每條綱要就像一句話。這種是便於把一千多字的文章在幾條小題旨上就能分布完成。當然，我也很樂意採廣告文案人（copy writer）的寫作技術來點有些文章的題。語錄體也是一種方法，但這是自己整理思路的方法，不宜把這個當成是文章；我自己是太懶，以前寫〈十年目睹之怪現狀〉（收於《流浪集》）便全篇寫成了這條目式，不能當真的。

Q：您有很多眼光獨具的觀察，卻謙稱自己的書是《門外漢的京都》，這種門外漢的哲學，又是怎麼悟出來的？

A：我的「門外漢」的哲學，說到京都上面，是說遊人自門牆外看到的景色，已然美不勝收，也目不暇給；反而進入門內，所得不過爾爾。於是，最好別太貪心。人生也大約如此例。所以我找小吃也取「目測」之法，觀店家的儀態，也看店堂的擺佈。麵條的堆疊與滷菜的清亮再加上瓷碗的擱放當然不在話下。這種目測法，多半極準。又吃了，很好，也不用詢問店家，像開了幾代啦，配料的秘方啦，絕不問，因為這就「進入門內」了。甚至為了回答你，店家也可能編些亂七八糟的歷史，這又何苦來哉。

看人打拳，見衣袍飄動，覺著功力頗高，往往就是了。今天看，明天看，看著就是教人眼睛很受用，那就行了，不用問他。倘問他，他開始說些丹啊，鉛啊，汞啊，築基啊之類，那就殺風景了。有時他說的，確有道理，但你太淺，並不能窺堂奧，這種情形下你也不用忙著做「門內漢」。

看人，也同樣如此，許多檯面人物，我們自年輕時看到，便不覺得怎樣，甚至根本見不出他是一號人物，也不可能期待他會做出造福人群的壯舉，結果一、二十年過去，這些人竟然爬上了一些高位，再過了些年月，又被拋下了高峰。他自以為人生起起伏伏，其實他就像我們在年輕時見到的平庸極矣之輩。

正因為這種身旁，正因為這種周遭，我們看多了，早就不願意跟他一般見識，於是才發展出那些個看電影啦、看武俠啦、遊山玩水啦、攀登百嶽啦，甚至自己找東西來創作等等的興趣。

Q：您的旅行經驗很豐富，也寫過很多令讀者很喜愛的旅行文字，可否請您談談您的旅行哲學？

A：我現在的旅行觀念——不敢說哲學啦——是我想去的地方，具有我想獲知的東西。例如我若要去韓國，絕不是要去首爾東大門找他的時尚服飾。而是設法到四、五個小時遠的慶尚北道，其中一個叫安東的地方，它郊外的河回村，那個五百年前的村子。而我若去巴黎，亦不是為了美食與電影。巴黎曾經是吃方面極出色的城市，且巴黎在電影史上也稱得上電影藝術之都，但我千里迢迢去抵那裏，更該有別的興趣。這個「別的興趣」便是我近年的旅行哲學。舉例言，遊南京，或許夫子廟、秦淮河早已不是兩百年前那種味道了，而南京的吃，也未必左右逢源，但既然來到此處，一定有我想探知的事物，這便是所謂旅行。不然我玩起來豈不嘔死了。於是我會想：南京的龍蟠虎踞是怎麼一回事？「金陵王氣」是怎麼一回事？凡此等等。又，南京既是優良的古都，它的城市之中的小山或許很有可看（就像羅馬城內有七座山一樣），於是想到了袁枚的小倉山，再想到了「金陵女大」會不會是清時隨園的舊址？而附近還有「五台山」，還有龔賢的「掃葉樓」等等。

八十年代中期，我在美國開車遊蕩，那時有一對夫妻叫Jane and Michael Stern，寫了一本書叫Road Food（可譯《公路美食》），我早知道那本書，但我在路途中連一次也沒有依照他們所寫去找館子。一來我那時對吃沒那麼著迷，二來我有我想「獲知的東西」（像風景、像風土、像未知的遐想、像歷史、像西洋感、像「新世界」等等），而那絕不是美食。

旅行，當然也是為了好玩。但除了眺看好山水，除了找到土特產，除了品嘗當地好食物，等等這些好玩的之外，也有別的。像我喜歡找出古代棲居者為什麼選這塊地方；像南京，一千多年前王謝人家，所謂烏衣巷，是選在秦淮河邊不遠處，可見這秦淮河當年應該很不尋常。而長江邊或許不是最好的棲居地，倒是離長江不遠的秦淮河才是好區。這就像板橋林家花園一百多年前建造時選在浮洲向東跨過河的那處地方，那是濱臨小河，而不是濱臨大漢溪。由此倒見出古人相地的老到眼光。而基隆河由東流過來，過了松山、內湖，在圓山打個彎，向北去，其中有一條細流在河的東緣竄出來，造就旁邊的優雅古鎮，便是士林。一百年前的士林，其聚落便極有味道。而這條細流，後來愈發淤滯，終於成了「廢河道」，最後索性填蓋起來，成了今日的基河路。

士林的老鎮不緊貼的建於寬濶的基隆河邊，與板橋的林家花園不建於寬濶的大漢溪旁，再與六朝時的王導、謝安這等望族不建於寬濶的長江邊（而選在小小的秦淮河邊）等等例子，豈不也是旅行時極有深趣的探索與遊賞嗎？

京都的高瀨川，與鴨川平行，又互相離得那麼近，若是在台灣，搞不好早就把它併過去了。但京都不會。而高瀨川旁的聚落皆極古老有歷史，你沿著它走，能察覺三百年前、五百年前的生活味況。台中市，以前不只是柳川、綠川幾條河而已，而如今那麼寬濶漂亮的一個城市，如果能再多流出幾泓河水，河邊再多出兩列樹蔭，那會多美啊！但已太遲了。

旅行，可以把你平日的學問發作在某些陌生的地域。我當然不是地理學家，也不是水利專家，前面說的那些城市與河流，只是我做為遊人也會觀察到的。你愈看，就會愈世故。像台北的松山，如今大家都提饒河街夜市，我們老台北以前不是以夜市來理解它的。它固然是一條老的街道，但今日要訪老，必須找別的。有可能往玉成街附近找找。搞不好玉成戲院的舊址還在。而戲院附近的鄉下民家搞不好還能看到。

我不敢說自己是老於旅行的高手，但旅行久了練出來的眼力與想像力，是很有價值也很實用的。好像說對於每個市鎮的各區之判斷，我比較看得準，好像有人要購屋時的選區一樣，我認為我比較不會選到爛區。這是一種。至於選地方玩，也比較內行。舉例說義大利，西以米蘭為界，東以威尼斯為界，在這兩地之間要選哪五六個城鎮去玩，會選的，比不會選的，更能找出高低相差很大的遊法。

去大陸遊，我想從武夷山一路遊至江西的鉛山，這是我還沒去過的地域，但心想在南宋時這一條路徑充滿了書院與為考科舉而興出的印書刻書等市鎮，或許是一段既有山水、又稍有文氣的路線。但這是我的想像，還沒去過不知道。

國家圖書館出版品預行編目資料

雜寫 / 舒國治著. -- 初版. -- 臺北市 : 皇冠, 2016.08
面 ; 公分. -- (皇冠叢書 ; 第4570種)(舒國治晃遊集 ; 5)
ISBN 978-957-33-3257-2(平裝)

855　　105013952

皇冠叢書第4570種
舒國治晃遊集05
雜寫

作　者—舒國治
發 行 人—平雲
出版發行—皇冠文化出版有限公司
台北市敦化北路120巷50號4樓
電話◎02-27168888
郵撥帳號◎15261516號
皇冠出版社(香港)有限公司
香港銅鑼灣道180號百樂商業中心
19字樓1903室
電話◎2529-1778　傳真◎2527-0904
總 編 輯—許婷婷
美術設計—嚴昱琳
著作完成日期—2016年
初版一刷日期—2016年8月
初版二刷日期—2021年5月
法律顧問—王惠光律師

讀者服務傳真專線◎02-27150507
電腦編號◎507005
ISBN◎978-957-33-3257-2
Printed in Taiwan
本書定價◎新台幣320元/港幣107元